절망록

윤태욱

절망록

Chronicles of Despair

차례

세 번째 이야기

진달래 씨앗에 적힌 자그마한 희망

첫 번째 이야기

○
○
○
○

○
○
○
○

이별의 미로에서
헤매는 미련

○

색과 빛

그리고 당신

빨강은 혈관. 금빛 태양 옷을 걸치고 숨길 수 없는 혈류. 눈부시도록 빛난 심장에 칠한 시뻘건 손자국.

초록은 등대. 넘실대는 슬픔이 폭풍우에 갇혀 길을 헤맬 때, 캄캄한 바다가 드러내는 원색. 초록은 바람 불어 외로울 때 넘어지지 않는 이파리 새순.

파랑은 가면. 우울할 때면 절망의 늪 가까이 가 칠흑이 담긴 우물을 빠져나오는 파랑새. 파란 하늘을 향해 보이지 않는 당신을 찾는 새하얀 눈길.

나는 허공을 즈려밟고 뛰는 날갯죽지가 끊긴 조류. 길은 눈물로 깔리는데, 슬픔은 안개처럼 자욱해서 날고 싶어도 날개로 눈물만 닦아내는 새.

그대, 빛의 3원색을 닮아 1월의 겨울 숲에서 얼어붙지 않을 수 있던가요. 가면 쓴 타인이 손을 내밀어도 악수하지 않고 살 수 있던가요. 흔들리는 등대 안은 내부의 조명이 꺼진 것처럼 채광은 사그라져 드는데, 태양처럼 희망을 속삭이는 눈동자에서는 무엇을 발견할 수 있던가요. 해수면이 절정을 참아온 순간마다 손톱으로 당신 가슴을 할퀴려 들 때, 어떻게 스스로 포기하지 않을 수 있던가요.

마치 더 많이 섞일수록 빛이 되어가는 전혀 다른 세 가지의 이야기처럼 그대, 살과 피와 뼈는 모두 아름다운 사랑으로만 향해가고 있던가요. 비극은 한 번도 생각해 보지 않았던가요. 색이 더해지면 점점 어두워지는 것처럼, 모든 색이 뒤섞인 칠흑 속에서 홀로 일어서려고 한 적은 없던가요.

모두가 삼원색을 사용하면서 극단으로 치닫는 것처럼. 그대, 나와 함께 빛으로 나아갈 생각은 하지 못했던가요. 우리는 파국으로 치닫는 캄캄한 색의 논리에 갇혀야만 했나요. 우리의 감정은 왜 섞일수록 더 어두워져만 가는 거였나요. 종국에는 캄캄한 밤이 세상을 감싼 채 영영 잠들어야만 했나요.

우리의 이야기를 적은 종이를 찢어버릴 수는 없었나요. 다시 색칠할 기회는 존재하지 않던가요. 이제는 어떤 색으로 칠해야 빛으로 향하는지 알 것 같은데, 그대, 내 손을 잡고 우리 해왔던 반대로만 걸어보는 건 어떤가요? 어둠에서 출발해서 하얀빛으로 나아가는 법을 당신과의 이별에서 배웠는데, 나는 원색에 불과한걸요. 당신과 섞여야만 빛으로 나아갈 수 있는걸요. 나, 이렇게 빛이 되는 법을 영영 모른 채 깊은 침묵 속에서 타들어 가야 하나요.

당신께서는 나라는 색은 반사하고 타인만을 흡수하시던 가요? 하늘이 하얗고 바람이 보드라운 것처럼. 당신께서는 당신 고유의 색이 있던가요? 나뭇잎이 녹색만을 흡수하고 다른 색은 반사하는 것처럼. 그래서 나라는 사람은 당신이 섞인 색깔 어디에도 세상에 비칠 수 없던 건가요? 당신은 어디에 있던가요. 지금, 깊은 밤에 갇혀 절망하는 내 목소리 가 보이시나요.

○

사랑했다는 기억

너 없는 세상 속에 살아갈 자신이 없다. 이제야 고백하건
대 너의 빈자리는 나의 세상을 한여름에도 얼어붙게 하였
다. 이제 추운 겨울 다가올 적에, 낙엽은 떨어지고 사랑마저
실종했을 때, 꽃잎 하나 떨어지지 않고 대롱 매달려 있어 우
리 다시 시작해보자 이야기할 때였다. 이제야 비로소 너 있
는 세상에 살 자신이 없어진 나는 오래도록 지운 너의 흔적
위에 희미한 자국을 더듬는다. 도착지 앞을 서성이다 차마
문을 열고 들어가진 못했다. 대신 방명록에 지워지지 않을
펜으로 너의 이름을 다시 쓰지만 이미 석 자의 씨앗에는 모
래가 피었다. 도망친 꽃은 없다. 다만 사막에 피어날 뿐이다.
모래 위에 황량이 피어오른 꽃은 뿌리 없이 자란다. 지지 않
을 태양이 떠 있는 사막에서 오아시스가 있던 기억을 헤맨
다. 사막에서만 피어오를 수 있는 꽃처럼, 해골만 남은 타인

이 자신을 그러안고 눈물 흘린다. 구경꾼들은 혀를 쯧쯧 차며 참지 못하고 한마디씩 거든다. 그건 사랑이라 불리어선 안 되는 소문이었다.

○

내가 당신을

보내야만 했던 건

불안한 소용돌이에 휩싸인 희생자였다. 오롯이 인간 세상에 태어나 가장 가슴 아픈 기억들만을 골라 추억해야 했던 슬픔은 언제나 형체를 찾아보기 힘든 무형의 물질이었다. 나는 이름마저 기억하지 못한다. 비가 오는 날이면 사람이 없는 곳에서 고개를 드는 지렁이처럼 존재를 잃어버린, 너무나도 투명해 안에서 밖이 비치지 않는 유리잔.

그런 내가 상처를 이겨낸 토양 위에서 웃음 짓던 당신을 보내야만 했던 건, 비가 오면 정처 없이 땅 위를 떠돌아다니는 지렁이처럼, 수차례 자살시도에도 죽지 못해 절규하던 한 남자의 비참한 생애를 그대에게까지 전가시키고 싶지 않은 책임감이었다. 사랑은 언제나 환각이었다. 두 눈을 감고 기억에서 더듬어야 캄캄한 상자에서 빛나는 무언가를 만날 수 있다는 착각에 빠지는 것.

나는 반드시 죽어야 했다. 하지만 당신은 아니었다. 당신은 꼭 살아야 했다. 헤어져야 한다고 말한 건, 당신만큼은 살리기 위해서였다. 그래. 변명일지도 모르지. 애초부터 사랑을 하면 안 됐다. 하면 안 되는 거였지만, 내 욕심 때문에 당신을 가졌다. 그러곤 인제 와서, 무책임하게 헤어지자고 말을 하는 나는, 역시 태어나지 말았어야 할 존재에 불과했다. 그렇게 해서라도 당신이 더 깊은 불행에 빠지는 것만큼은 막아주고 싶었던 내 이기적인 용기였다. 모든 것은 욕심부려선 안 되는 인간이 꿈을 꾼 대가를 치르는 것이었고, 당신은 가장 순수한 희생자에 불과했다. 나는 살아 있으면 안 되는 거였다. 희망을 닮은 모든 것 또한 모래알처럼 굶주린 사람에겐 하등 필요 없는 것이었다.

인간도 아니고 동물도 아닌 이상한 존재. 인간 세상에 결코 어울리지 못하고, 돈도 벌 수 없는, 그런 희한한 것. 한 번도 세상에 발견되지 않고 알려지지 않은 희귀종. 내가 당신을 보내야만 했던 건, 사랑이 비참함으로 변질되어 곧 상해버린다는 걸 썩은 진흙처럼 발견했기 때문이다.

두 번 다시 사랑하지 않겠다. 깊은 바다로 침묵하겠다. 영원히 떠오르지 못하게 바위를 등에 묶은 채로 깊은 추억 속으로 가라앉겠다. 침전하는 나를 발견해도 언제까지나 자신은 스스로를 기억하지 못한다.

○

이 미운 세상에
너만이 빛났어

나는 꽃의 이름을 외우기 시작했다. 세상 모든 꽃이 그저 꽃으로 조각되어 아름답다, 예쁘다로 기억하기엔 너무 공허했기에. 너에게 이름이 있는 것처럼, 이 세상 모든 꽃에 저마다의 이름을 찾아주기 시작했다. 나의 세상에는 수많은 너를 기억하고 있다.

해국, 달맞이꽃, 등나무꽃, 제비꽃, 수선화, 베고니아, 목화, 장미, 로단테, 개나리, 쑥부쟁이, 들국화, 산당화, 눈물꽃, 옥잠화, 천일홍, 야래향, 엉겅퀴.

이 중에 너의 이름이 있을까. 네가 태어나기 전부터 존재하던 꽃의 명사처럼, 세상 사람들이 너의 이름을 미리 정해놓은 것은 아니었을까. 나는 아직 피지 않은 꽃을 생각한다. 너라는 꽃. 나는 아직 너의 꽃망울을 보지 못했다. 그래서 꽃말도 알 수가 없다.

이 미운 세상에, 모두가 상처 입은 눈으로 상대를 잡아먹기 위해 으르렁거리고 있을 때, 너는 어디에 있어? 어둠에서 아무도 쳐다보지 않을 때, 햇빛이 들어오지 않는 칠흑같이 외로운 공간에서 조용히 꽃봉오리를 터뜨리곤, 태양 같은 반짝임을 혼자 참아내는 거야? 서럽게 터져 나오는 울음은 가슴으로 겨우 짓눌러서, 눈물로 채워 넣는 거야? 네가 혼자 있는 자리에 이끼나 잡초 같은 무시무시한 것이 너를 더럽히면 어떡할 거야? 너라는 꽃은 언제쯤 눈물 없이 피어오를 수 있을까?

아아, 우리 피어오르지 말자. 그저 스스로 포기하지 말자. 이 미운 세상에 너만이 희망이었다. 나에게는 너의 존재가 이미 꽃이어서 1년 365일 저물지 않았다. 조릿대라는 대나무처럼 말이다. 조릿대는 평생에 한 번 개화할 수 있는데 꽃이 피기까지 백 년이 걸릴지 그 이상이 걸릴지 아무도 모른다. 하지만 조릿대는 한 번 꽃을 피워내면 반드시 죽어야 한다. 마치 꼭 죽어야겠다 맹세한 자신처럼, 세상을 떠나간다. 그러니까 너의 꽃. 보지 않아도 좋다. 백 년이 걸리든 천년이 걸리든 꽃망울 터뜨리는 일은 참아줘. 이 세상 모든 반짝임이 사실은 너의 눈물을 먹고 자라 심장을 뚫고 나온 꽃이라는 걸 이제야 나는 분명히 안다. 너의 풀잎이 꽃보다 아름답다는 사실은 언제나 눈앞의 공기처럼 숨어 있었다.

조릿대는 평생에 한 번 꽃을 피워내고 죽는다. 그때부터 사람들이 기억하는 진짜 이름인 복조리가 되곤 한다. 사람들에게 복을 주는 자그마한 선물, 하지만 말이다. 죽은 다음에 복이 되든 죽이 되든 그딴 것 아무 의미 없다. 너만은 죽지 말고 살아줘. 그깟 꽃 따위 너의 숨결보다 중요하지 않으니까. 이 미운 세상에서 꽃 따위 터뜨리는 일 포기한 사람이 어찌 너 하나뿐일까. 나도 그랬어. 당신도 그랬지. 우리 모두 그랬었다. 하지만 말이야. 이 미운 세상에, 너만은 사랑할 수 있었다. 그리고 사랑할 수 있었다는 기억 하나만으로 나는 아무에게도 보이지 않은 나만의 작은 꽃을 피우고 만 거야. 조릿대처럼, 꽃을 피우고 난 다음 할 일을 다 마친 사람처럼.

○

나에게

사형을 선고한다

평생 함께하겠단 말은 지키지 못할 약속으로 변질하고 영원히 헤어지지 않겠단 새끼손가락을 건 맹세도 사랑으로 매듭짓진 못하였네. 대신 거짓말을 반지처럼 엮어 손에 끼게 되었지만 그래서 깊은 심연 속으로 빨려 들어가 찾게 된 유일한 해방구가 더 깊은 심해로 빠지는 속임수일지라도, 나 그대를 사랑하였기에 죄인처럼 숨지 않고 당당히 빨려 들어갔다네. 세상이 밉고 싫어 두 번 다시 거울을 쳐다보지 않겠다, 나를 책망하고 원망했지만 그래 그건 어찌저찌 참을 수 있는 고통이었지.

나를 닮은 내 안의 그대여.

하지만 나를 거칠게 끌어안으며 내쉰 당신의 숨소리. 사랑한다는 흐느낌마저 모두 거짓이었을까. 내 몸은 오소소 떨리고 눈동자는 세상을 바라볼 의지조차 상실하게 되네.

나는 당신께 내 목숨과 생애를 바칠지 언대, 그대는 불안한 나를 받아들일 자신이 없다고 했지. 온 세상을 검게 칠해야만 사는 나에게서 유일한 흰 빛인 그대여. 대낮에도 태양 빛을 보지 못하는 나는 그대가 날아 올린 하얀 새를 보며 처음으로 살고 싶다는 욕심을 가졌는데, 달콤한 꿈을 꾸었던 게지. 그렇고 말고, 나는 처음부터 당신을 가진 적이 없었던 거야. 이제 나 다시 칠흑같이 어두운 세상으로 돌아가야 하네. 내가 가질 수 없을 사랑을 부린 욕심은 커다란 죄악이 되어 나를 사형장으로 몰아세우네. 스스로 동굴에 갇힌 채 검은 눈물 흘리며 하얀 새를 닮은 당신을 그리워하네. 사랑하네.

동굴 안으로 더 깊숙이 들어가 세상의 빛이 투영하지 않는 곳으로 영영 숨어버리네. 하얀 빛을 보았던 꿈을 꾸었던 거지. 내가 있어야 할 곳은 캄캄한 동굴에서 하얀 새를 닮은 너의 환함을 그리워하는 일뿐이니.

그러니 제발 한 번도 본 적 없던 너의 미소와 웃음이어 타올라라. 웃을 때마다 나의 동굴을 무너뜨리고 세상의 빛을 꺼안게 해준 너의 투명한 마음마저 전부. 나 잠시 착각에 살았던 게지. 병든 늙은 개 따위 돌아봐 주는 사람은 불행한 일인 게지.

나 행복한 꿈을 꾸어 눈물 흘렸지. 그대 비로소 불행한 꿈에 깨어날 수 있어 안도의 눈물 흘린 거였네. 사랑했다는 이름으로 스스로 유통기한이 지나가 버린 아직 사랑하는 내 안의 그대.

부디 동정과 연민을 사랑으로 착각하지 말아 주오. 그건 비참한 나를 녹여 흐물거리는 늪으로 만드는 일. 나 깊은 동굴에 잠기어 이제는 종유석같이 뾰족한 것들에 내 심장을 마구 찔리는 것으로 혼자 벌 받겠네. 사랑하지 말아야 할 인간이 벌인 죄악에 대하여.

아아, 나는 사형수요. 자신을 죽인 범죄자에 불과하오. 나 자신은 스스로를 판결한다. 피고는 사랑할 자격을 잃은 자요. 하얀 새를 불행한 늪에 빠뜨리려 하였으니 죽어 마땅하다. 나의 생애는 나 자신에게 영원한 죽음을 선고한다.

나 안도의 숨을 내쉬며 사형장으로 들어가네, 드디어 안식을 찾아 몸을 뉠 밝은 빛 한 점 다시 찾게 되었네.

○

서울의 날씨는

어떤가요

네 이곳의 날씨는 흐립니다.

지금 시각은 슬픔이 자라고 있습니다.

추억은 저 멀리 사라집니다.

그대는 보이지 않습니다.

오늘 저녁에도 서울의 날씨는 흐립니다.

사람들 생각은 알 수 없습니다.

하늘 위를 쳐다보는 사람은 나밖에 없습니다.

서울은 여전히 흐립니다.

당신은 흘러간 지 오래입니다.

지금도 눈물은 흐릅니다.

당신과 봤던 달은 커졌다가 작아졌다

'그대'로입니다.

서울은 계속 흐릴 예정입니다.

○

우리 둘만 있는 곳으로

기절하듯 캄캄한 세상에 갇혀 나는 치욕스럽다, 매일을 저주했다. 그럴 때마다, 다시 두 눈을 뜰 때마다, 너는 전쟁 같은 현실 앞에서 단 한 번도 싫은 기색 없이 입가의 주름을 파르르 떨어야 했지. 그건 때론 눈물이었을까. 아니면 짓궂은 유부남 상사의 역겨운 구애를 버텨내는 너만의 울분이었을까. 모르겠어. 하지만 먹고 살기 위해서라면 이 또한 사회 경험이라 말하며 무너지지 않고 버티는 너의 슬픈 미소를, 내게는 지켜볼 재간이 더는 남아있지 않았어.

같잖은 자존심은 있었지만, 변변찮은 능력조차 없던 내가, 혼자서 고통받는 널 지켜보는 건, 아아, 신이시여 나를 죽이소서. 차라리 개나 벌레로 태어나게 해서 이런 고통을 두 번 다시 겪게 하지 마소서. 세상에 쫓기듯 '도망가자' 우리. 아무도 우리를 쫓아오는 사람은 없지만 그래도 '우리'

도망가자. 먹고살려고 발버둥 치는 한 여인을 물에 빠뜨려 끝까지 죽이려고 바닥 깊숙이 머리를 처박는 건, 신이시여 그건 돈의 잘못입니까. 아니면 사람의 작태입니까.

나는 알 수가 없지만, 정말 알 수도 없지만, 네가 온전히 혼자서 감당해 내고야 마는, 마음의 모서리가 찢겨나가는 고통 속에서, 나한테까지 말하지 않는 깊은 슬픔. 착한 바보만이 흘릴 수 있는 눈물을 벌써 너 혼자 어두컴컴한 밤 안에 숨어 나 몰래 반짝이고 있었다는 건 정말 참을 수 없는 욱신거림이었어.

그러니까 우리 도망가자. 응? 돈으로부터 도망치고 사람으로부터 도망치자. 이 세상으로부터 도망치자. 끝까지 도망쳐서 더는 도망치지 않아도 되는 곳까지 가자. 우리 둘만 있는 곳까지 도망가서 그곳에서 살자. 너한테 찝쩍대는 50대 이사 아저씨도 없고 정규직을 시켜주겠다는 사탕 발린 장난질로 너를 현혹하는 역겨운 인간들이 그림자처럼 숨어 있는 곳 말고. 아침에 일어나면 우리 둘, 갓난아이가 엄마 얼굴만 바라봐도 빙긋 웃듯 서로 바라만 봐도 웃음꽃이 마당을 채우는 곳으로 가자. 죄 없는 사람들이 도망쳐서 사는 그런 세상으로 우리 죄를 짓지 않고서 가자. 괜히 너를 무너뜨리려고 트집 잡는 텃세 꾼들이 없는 게 당연한 세상. 착한 사람들이 가득한 곳에서 우리 둘이 자귀나무로 된 집을 짓자.

내가 장작을 패서 따스한 난로를 피우면, 너는 하얀 무늬가 그려진 담요를 덮고 해먹 의자에 앉아, 더는 슬픈 글을 쓰지 않아도 되는 내 이야기를 읽는 거야. 한 달에 몇 푼 하지 않는 인세를 가지고 구멍 난 담요라도, 너를 따스하게 덮어주고는 누구보다 사랑한다 말할 거야. 사랑한다는 말을 가득 담아 너를 그러안고는, 너의 심장 제일 가까운 곳에 이 세상을 한 아름 안겨줄 거야.

내가 저녁 찬거리를 구하기 위해 취나물과 고사리를 캐러 산에 가면 너는 저 멀리 바다가 보이는 산골 집 언덕배기에 서서 내가 어디쯤 오고 있나 바라봐 줘. 흔한 가로등조차 없어 오후 5시가 되면 세상이 전깃불을 꺼버리는 그런 시골 집에서 우리 더는 고통에 몸부림치지 말자. 서로에 대한 사랑만으로 세상을 밝게 피어오르게 할 수 있어. 그건 분명한 사실이야. 그러니까 세상에 속아서, 그게 분해서, 또 복수하기 위해 남을 속이는 군상이 될 바에야 우리 아무도 속이지 않아도 되는 세상으로 가자.

전기가 없어도 우리, 말없이 서로 바라보고만 있으면 빙그레 웃음이 떠오르는 것처럼, 늦은 밤에도 태양을 깨워서 같이 놀자고 조르자. 너만이 들을 수 있는 나의 노래로 세상을 가득 불러볼게. 산기슭에 별천지를 손님으로 초대해서 밤새 재잘거리는 이야기들이 야광처럼 빛나는 곳에서, 우리 둘이 차곡차곡 몇 푼 되지도 않은 인세로 우리만의 세상을 만들자. 그리고 그곳으로 떠나자. 우리 둘만 있는 곳으로.

○

가난한 사랑은

가난마저 사랑이었다

나는 철저하게 타인이었다. 스스로에게도 그러했다. 나의 곁에는 아무도 없었다. 나는 웃지도 않았다. 물론, 사람들에게 무표정이라 함은 아무런 표정을 짓지 않는 일에 불과했지만, 내게는 늘 숨을 쉬듯 찾아오는 이 수많은 슬픔을 참아내는 것이 무표정이었다. 내 얼굴에는 아무런 표정을 짓지 않고 있어도 이를 악물고 견디는 듯한 표정만이 지속되었다. 내게 무표정이란 숨을 쉬듯 찾아오는 온갖 슬픔으로부터 무너지지 않게 스스로 버텨 나가는 몸부림에 불과했던 것이다.

나 같은 눈물 바보가 언젠가 집에서 쫓겨나듯 세상에 나온 적이 있다. 부모의 그늘에서 맹렬하게 세상을 향해 내리쬐는 태양을 피하는 것이 당연한 사람과 그러지 못했던 사람들. 애석하게도 나는 후자의 영역에 속하였다. 어머니께는 나름의 이유가 있었다. 행복을 위해 재혼을 택하신 건 내가 관여할 문제가 아니었다. 중요한 건 갓 군대를 전역한 나로서는 처음 본 아저씨를 '아버지'라 부를 수는 없었다는 것이었다. 그건 내 마지막 자존심이기도 했다. 점점 희미해져 가는 기억 속의 내 아버지는 얼굴보다 등에 그려진 용 문신만이 더 선명한 분이셨다. 아버지에 대한 기억은 돌을 마구 던진 잔잔한 호수 위의 물결처럼 계속해서 흐릿해져 가지만, 그를 기억할 수 있는 사람은 그의 아들인 나밖에 이 세상에 남지 않았다. 그 기억마저 내게는 너무 소중한 잔상이었기에 나는 주먹을 꽉 쥐며 더는 흙탕물이 일지 않길 바랄 뿐이었다. 아저씨라 불리는 사람이 우리 집에 들어와 사시기로 한 날, 나는 군을 제대하고, 수중에 돈 한 푼 없이 길을 나섰다. 내 자존심마저 깔아뭉개며 살아남는 법을 집에서부터 배우는 건 치욕보다 더한 수치였다. 나는 죽는 것보다 더싫은 게 이 세상에 있다는 것을 절절히 통감한 뒤 빈털터리로 길을 나섰다. 군을 전역하고 진정한 어른이 되었다고 사람들이 생각하는 출발선 앞에서 나는 또다시 길을 잃었다.

집을 나서는 날, 어쩌면 전국 팔도 어디를 유랑하게 될지모르는, 아주 먼 길을 가야 했던 나의 목적지 없는 여정 속에서 나는, 당장 발밑에 구멍 난 양말이 죽는 것보다 창피했지만, 근처의 양말 구멍가게에서 파는 검은색 천 원짜리 양

말조차 사서 신지 못할 정도로 돈이 없었다. 방법은 하나뿐이었다. 구멍 난 발에 새 양말을 신겨주는 대신, 내 자존심을 채워 넣는 것으로 땜빵을 대신 메꾸기. 그때, 남들에게는 고민거리도 안 되는 일들이 내게는 불가항력적인 도전으로 다가왔을 때, 수치는 독한 술보다 더 큰 구멍을 가슴에 낼 수 있다는 사실을 처음 깨달았다.

무작정 한 보따리의 짐을 메고 집을 나서는 길, 나는 어디로 향해야만 하는 것인가? 집을 나오면서 집을 잃어버렸고 목적지도 없는 길 위에서, 나는 집에서 나와서 또 다른 집을 찾아가야 한다는 아주 우스운 모순에 빠졌다. 그러니 인생은 멀리서 보면 희극이고 가까이에서 보면 비극이라고 했던가. 집에서 나와 집으로 향해야 하는 나의 발걸음은 무대 위에 처음 데뷔하는 우스꽝스럽기 짝이 없는 코미디언의 슬랩스틱 코미디 쇼처럼, 형편없는 엉터리 마술 같은 것이었다. 그때, 내가 집이라 생각하여 향한 곳이 이 지구상에 유일하게 한 군데 있었으니, 부족하고 가난한 나와 내 슬픔까지 사랑해 준 사람.

그녀는 병원에서 간호조무사로 일했다. 나는 그녀에게 오늘 찾아가겠다고 무작정 말해야만 했다. 갑작스러운 나의 방문 소식에 그녀는 벙찔 만도 했지만, 오늘은 나이트 근무라 자정에 일이 끝나니, 병원 바로 앞 3층 건물에 있는 PC

방에서 게임이라도 하면서 기다리라고 내게 이야기했다. 나는 그녀에게 그러겠다고 안심시킨 후 PC 방으로 향하지 않고 대신 근처의 공원을 찾아 몇 시간씩 배회했다. 괜한 자존심에 돌아갈 집이 없어 공원 벤치에 계속 앉아 있는 내 모습이 처량하게 강물에 비칠까, 혹여나 남들 눈에는 노숙자처럼 보일까 봐, 이곳저곳 발길 닿는 대로 왔다 갔다 하며 몇십 번 보았던 벤치와 의자 그리고 잔디들까지, 이 모든 풍경을 처음 보는 것처럼 나 자신을 꾸미며 스스로를 관객으로 두고 혼신의 연기를 펼쳐야 했다. 슬픔에 젖은 자신을 속이는 재간을 떨어내야만 했다. 산다는 건 비참함을 넘어서는 생존의 몸짓에 불과했다. 슬퍼서 웃어야 하는 재간꾼. 그건 절대 겪어서는 안 될, 아주 큰 모순이었다. 시곗바늘이 자정을 향할 때까지, 같은 풍경을 보고 또 보며 꾸역꾸역 잠시 세상에 여행을 온 죄수처럼, 내 슬픔에게 거짓말을 했다.

시곗바늘이 12시에 가까워질 때 즈음에 그녀는 병원 밖으로 나왔다. 멀뚱히 서 있는 나와 눈이 마주친 순간 "오빠!" 하고 부르는 그녀를 바라보았다. 세상 무엇보다 큰 기쁨이라도 발견한 듯 얼굴에는 반짝임을 잔뜩 묻히고 내 품에 달려오는데, 나는 보석 같은 그녀를 앞에 두고도 씁쓸한 미소조차 지어줄 수 없었다. 내 가슴에는 슬픔이 바늘처럼 쏟아져 생긴, 큰 공허를 그녀 대신 안고 있었기에, 그녀를 꼭 안아주고 있으면서도, 이내 가슴 속에서는 오열하고 있던 터라, 그녀 앞에서는 슬픈 미소조차 억지처럼 겨우 지을 수 있었다. 그런 나의 슬픔을 발견이라도 한 걸까, 반짝이던 눈망울은 금세 차가운 달빛처럼 침식해갔고 이후로 우리는 서로 어떠한 말조차 하지 못했다.

　나의 슬픔에 감염이라도 된 걸까. 슬프도록 질척거리는 감정을 떨쳐버리기 위해서, 그녀와 나는 오랜만에 만난 또래의 연인처럼 근처의 술집으로 들어갔다. 하지만 나는 그날의 슬픔을 또렷이 기억할 수밖에 없다. 2층 술집 창가에 앉아 시킨 소주 한 병과 삼겹살 숙주 볶음. 밤이 별처럼 쏟아지던 날. 눈물이, 눈물이, 눈물일랑, 눈물일랑 모여서 호수를 이루던 밤. 삼겹살 숙주 볶음이 철판에 볶아져 나와 그 열기가 다 식을 때까지, 나는 여전히 아무 말조차 하지 못하였고 그런 내 모습에 그녀 또 한 쉽사리 입을 열지 못했다. 나는 오늘 있었던 모든 일, 그러니까 내가 당연히 감당해 내야 하는 숙명 같은 모진 것들 혹은 운명이라 생각했기에, 그 어떠한 원망도 하지 않았고 하소연도 할 수 없었지만, 그럼에도 참지 못하고 내 안에서 흘러나오는 무거운 슬픔. 내가 그녀를 향해 고개를 치켜듦과 동시에 온갖 서러움들이, 소리 없이 꾹 참아왔던 무거운 눈물이 잔뜩 흘러나왔고 그런 나를 바라보던 그녀도 바보같이 아무 말 없이 우는 나를 보며 같이 울기 시작했다. 그렇게 우리는 소주 한 병과 삼겹살 숙주 볶음을 앞에 두고 하염없이 울었다. 한마디의 말조차도 없이, 오늘 나는 내게 있었던 모든 슬픈 일을 그녀에게 눈물로 하소연했다. 그녀는 그런 내 눈물마저 사랑했다. 내가 슬프기에 같이 눈물 흘려준 그녀를 더는 아프게 하고 싶지 않았다. 그렇기에 나는 사랑이 무엇인지 정확히 모르지만, 어렴풋이는 안다.

사랑은 가난마저 사랑이었다.

그렇게 가난마저 사랑해주던 여자가 있었다는 사실도.

○

평생 단 하나의 사랑

우리 두 번 다시 사랑하지 마오.

내 평생의 사랑이 오직 단 한 사람이라면 그대는 하늘과 땅에서도 찾을 수 없는 눈물이오. 너무 메말랐기에 자욱마저 남지 않고 너무 휘몰아쳤기에 서글퍼진 보석이오. 그대의 세상은 어떻소이까. 내가 발을 딛고 있는 곳은 땅이 흔들리고 하늘이 무너지었소. 무너진 하늘에서 흘러내린 구름 사이로 나는 빠져 익사할 것만 같아 그대를 애타게 찾지만, 당신은 이미 누군가의 손을 붙잡고 함께 웃으며 은행나무 숲을 거닐고 있소. 나는 이미 몸과 영혼이 타락하여 죽음을 기다리는 사형수요. 아침에 일어날 때마다 후회하오. 내 모든 선택과 행동이, 나의 발목을 늪으로 밀어 넣고 있소. 그래서 아침마다 늪에서 헤어 나와 어쩔 수 없이 목숨을 잇는 것이 내 가장 중요한 일상이외다.

살아야 하오? 나 정말 살아야 하오리까? 그저 나를 집어 삼키는 늪으로 빠져들어 영원히 잠겨버리고만 싶소. 영원할 것 같던 모든 순간마저 비루한 추억이 되었소. 다만 나와 함께 했던 사진들이 그대의 저장 장치 안에 영원히 기록되어 있을 것이란 사실쯤은 아오. 점점 당신의 머릿속과 마음에서 떠나가는 동시에 말이오. 한 사람의 가슴을 출렁이는 바다로 채웠을 때는, 마땅히 태풍이 불어오고 눈물로 가득 찰 날이 오리라는 것도 분명히 알아야 하였소. 허나 나는 어리석고 무지한 바보여서 지금의 사랑은 알았지, 앞으로의 현실은 깨닫지 못했소.

내 평생의 자부심은 비겁하게 살지 않는 것이었소. 비록 가난하더라도 현실과 타협하지 않았소이다. 적당히 현실과 타협하여 비켜선 적 없고 남의 눈에서 심장을 아릴 듯한 눈물을 뺏어 먹으며 나의 호의호식을 연장한 적조차 없소이다만, 이제 와 그대를 지켜주지 못한 것을 생각하면, 나 정말 악마가 될 걸 그랬소. 당신을 지킬 수만 있었다면야 나 정말 현실과 타협할 것을 그랬소.

당신이 사라지고 내 안에는 병이 자라오. 나는 여전히 갈등하오. 어찌 살아야 하는가. 어떻게 살아야 하는가. 모든 것을 잃고 목적지가 없는 집으로만 향해야 하는데 어찌해야 하는가. 어디로 가야 하는가. 그대는 누군가를 만나 행복한 미소를 지니고 있는데 나는 가진 것이 고통, 비애, 슬픔뿐이 없소. 이제 내 평생의 사랑은 오직 죽음뿐이오.

어서 빨리 죽어 검은 꽃에 매달린 꿀을 빨아먹고 모든 기억을 잃고 싶소. 먼 훗날 이승과 저승에서 당신을 다시 만나 스치듯 지나가게 된다면 그때는 왠지 아는 얼굴인 것 같다며 고개를 갸우뚱거리며 한번 뒤돌아보고 싶소. 그러고는 다시 앞으로만을 향해 나아가겠소.

이생에서의 사랑은 이미 무너졌소이다. 그러면서 나조차도 상실하였으니, 이번 생은 살아서도 지옥이고 죽어서조차 이름도 얼굴도 알 수 없는 누군가를 평생 그리워하며 헤매야 하는 수렁에 스스로 빠져야겠소. 내가 지은 가장 씻을 수 없는 죄는 태어난 죄가 분명하오.

o

당신에게

필요한 사람

이 세상 모든 사람이 당신에게 등을 돌린다고 해도,

설령 당신이 모두에게 손가락질 받을만한 죄를 지었다고 해도,

그럼에도 불구하고, 무슨 일이 있어도,

당신 곁에서 당신 편을 들어줄 사람.

그런 사람이 그대 곁에 머물기를.

세상마저 당신에게 등을 돌리고 외면할 때,

그 세상으로부터 당신을 지켜줄 사람.

그런 사람이 그대 곁에 숨을 쉬기를.

밖에서는 강한 척, 약하지 않은 척, 하는 당신이지만

사실 내면에는 누구보다 아기 같은 모습이 있다는

사실을 알아주는 사람.

그 사실을 알아주는 사람이 당신 곁을 지켜주길.

당신이 마음으로 거짓 꾸밈을 하지 않고 온몸으로

감정을 표현하고 애교를 부려도,

내 집의 보드라운 이불처럼 편하게 대해줄 사람.

그런 사람이 당신을 바라봐 주길.

하늘이시여 행복이란 무엇입니까.

당신이 방향을 잃고 흔들릴 때,

옆에서 느티나무처럼 그늘을 드리워서

뜨거운 햇볕을 막아주고 시원한 그늘 밑으로,

청량한 바람과 풀피리를 부는 새를 초대해서

오직 당신만을 위한 공간을 제공해 주는 순간.

그런 포근함.

그런 사람과 사랑이 당신 곁에 머물기를.

천 개의

종이학

영영 사랑을 알 수 없을 거라고 생각했다. 우리는 둘 다 사랑받지 못하고 자란 아이였다. 나는 서로의 눈빛을 통해 우리에게만 흐르고 있는 슬픈 운명을 직감했다. 슬픈 예감은 늘 빗나가는 법이 없으니까. 우리 반 그녀의 눈동자에는 맑고 투명한 빛이 슬픔 속에 젖어 있었다. 그래서인지 늘 꾀죄죄한 옷차림에도 남들보다 빛나 보이는 소녀였다. 나는 그런 소녀를 사랑했다. 한 번도 고백한 적은 없었지만, 그녀의 뒷모습은 바라만 보고 있어도 세상 모든 하얀 새가 날아와 안아줄 것만 같은 기품을 지녔다. 같은 슬픔을 앓아도 그녀의 세상은 나와 달랐다. 그녀는 가난했지만 씩씩했고, 부족했지만 맑은 눈동자에서 나오는 우아함은 항상 그녀를 빛으로 감쌌다.

그에 반해 나는 항상 평계로 굴러가는 삶을 살았다. 가령

"너는 왜 매일 같은 옷만 입고 다녀?"라고 묻는 단짝의 질문에 아무런 대답을 할 수 없었다. 그저 "헤헤헤" 하고는 멋쩍은 웃음으로 때우는 일이 전부였다. 매일 아침마다 내 몸에서 라면 냄새가 난다는 아이들의 질타에도 똑같이 웃음만을 흘려야 했다. 어떤 날은 헤헤하고 웃는 바보조차 될 수 없어 비참함에 고개를 푹 숙이고 절망 속에 빠진 날. 소녀는 내 곁으로 다가와 아무 말 없이 내 어깨에 손을 올려주었다. 말하지 않아도 너의 마음을 안다는 듯이. 나는 울음을 왈칵 터뜨렸다.

아무에게도 들키지 않았던 내 마음속 동굴이, 한 번도 타인의 침입을 허락하지 않았던, 상처를 웅크리고 숨어 눈물 흘리던 비밀의 장소를, 그녀에게 들키고 말았던 것이다. 나는 서럽게 울었다. 그녀는 반 아이들이 다 보는 앞에서 서럽게 울고 있는 나를 안아주었다. 중학생 여자아이에게 무엇보다도 중요한 평판이라든지 친구들 사이의 소문이라든지, 따위는 전혀 고려하지 않은 행위였다. 어린 소녀가 해내기엔 너무나 큰 사랑이었다. 그녀의 하얀 손이 내 어깨에 닿은 순간, 내 영혼은 그녀의 이름과 얼굴을 영원히 잊을 수 없게 되었다.

그날을 계기로 우리는 급속도로 가까워졌다. 매일 문자를 주고받았다. 강원도 영월에서는 농사를 짓는 집이 많았다. 그녀의 집도 예외는 아니었다. 문자를 하다가도 할머니를 도와 농사일을 하러 가야 한다는 답장이 올 때면 그날은 아무리 기다려도 연락이 오지 않았다. 그녀는 줄곧 공부도 잘해서 어려운 형편에도 전교 1등을 놓치지 않았다. 어떤 날은 어려운 환경에 처한 사람들을 도와주는 TV 프로그램에 그녀의 집이 나온다고 했다. 소녀는 학교를 조퇴해야 했다. 창피한 일일 수도 있었겠지만, 담임 선생님이 "우리 반 그 애가 TV 출연을 하기 위해 오늘 조퇴를 한다." 소개했을 때, 당당히 칠판 맨 앞자리로 나와 꾸벅, 친구들에게 인사를 하고 박수갈채를 받으며 집으로 향하는 소녀의 모습은, 정말이지 아아, 하늘의 여왕 내지는 천사가 첫 번째로 내딛는 발걸음을 담은 장면과도 같았다. 저리 가냘픈 몸매의 소녀가 감당하고 있는 슬픔은 어떻게 유지되는 것일까. 소녀는 그저 빛나는 눈동자 하나만으로 모든 아픔을 짓누른 채 당당히 서 있을 수 있는 것일까. 자신의 집안 환경이 공공연하게 밝혀진 수업 시간에서마저도 당당하게 교실 문을 열고 집으로 향하는 그녀의 모습에서 나 같은 비굴함이나 참담함 따위는 보이지 않았다. 오직 자신의 힘으로 캄캄한 밤하늘을 어떻게든 밝혀내고야 말겠다는 강한 의지만이 보였다.

어쩌면 그녀는 태양일지 모르지. 가냘픈 소녀의 곁에는

늘 햇살이 지켜주고만 있는 것 같이 느껴졌다.

눈이 한창 내리는 겨울방학, 나는 소녀에게 좋아한다고 말했다. 소녀는 고심 끝에 미안하다고 대답했다. 거절을 당해 슬펐지만, 고백했다는 용기만으로 만족했다. 다음날이면 고백한 사실을 후회할지도 모른다. 그렇지만 소녀는 사랑을 고백할 만한 가치가 있는 여자다. 나는 그렇게 생각한 후 잠자리에 들었다. 다음 날, 소녀에게서 뜬금없는 문자가 와 있었다.

'가나다라마바사귀자차카파타하' 라는 아리송한 내용이었다. 나는 "그게 무슨 뜻이야?" 재차 물었다. 소녀는 자신의 마음을 쉽사리 알아차리지 못하는 바보 같은 내 질문에 따옴표를 적어 다시 문자를 보내주었다.

"가나다라마바'사귀자'차카파타하"

가나다라마바에서 사귀자를 처음 발견했을 때 내 기쁨은 정말이지 이 세상 그 무엇과도 바꿀 수 없는 행복을 손에 쥔 느낌이었다. 이 세상 모든 별보다 더 사랑할만한 가치를 지닌 소녀다. 그런 여자와 사귈 수 있다는 건 크나 큰 행복이었다. 우리는 그렇게 사랑을 시작했다. 위태롭고 아슬아슬하게 맑은 눈은 쉼 없이 계속 쌓여 발목을 넘어가고 있었다.

나는 하얀 눈보다 투명한 그녀에게 추운 겨울을 이겨낼 만한 선물을 주고 싶었다. 한파가 가득한 어느 겨울날, 인터

넷에서 벙어리장갑을 주문했다. 강원도 영월의 겨울은 춥고 혹독해서 여간해서는 견디기 어려운 일이다. 내 사랑이 가득 담긴 벙어리장갑이라면 그녀를 충분히 지켜줄 수 있을 거야. 나는 생각했다. 눈이 펑펑 내리는 금융아파트 놀이터에서 그녀를 만났다. 직접 산 포장용지로 꼬질꼬질 접은 선물 상자에 든 벙어리장갑을 건넸다. 그녀는 아무 말 없이 웃었다. 그것만으로도 좋았다. 한 달이 지난 후 그녀도 내게 선물을 주고 싶다며 문자를 보내왔다. 한 달 전과 똑같이 금융아파트 놀이터에서 시간대만 바뀐 날이었다. 저녁 눈이 한창 내리던 날, 그녀는 눈 사이에 홀로이 서서 나를 기다리고 있었다. 그녀의 손에는 투명한 유리병 안에 종이학 천 개가 들어있었다. 나를 위해 직접 접었다는 말과 함께 알록달록한 종이학 천 개가 든 유리병을 건네받았다. 우리는 서로 빙긋 웃었다. 생각해 보면 그녀와 나는 말이 없었다. 서로 만나면 빙긋 웃기만 할 뿐, 많은 대화는 모두 미소 속에 녹여냈다. 마치 혹독한 겨울 한파도 다음 날 아침 따스한 햇볕이 떠오르면 녹아내리는 것처럼. 우리는 강원도 영월의 혹독한 겨울을 이겨내는 법을 너무나도 잘 알았다.

그날 저녁 소녀에게서 문자가 왔다. "선물을 살 돈이 없어 종이학을 접었어. 정말 미안해." 예상치 못한 이야기였다. 갑자기 슬퍼졌다. 하얀 눈보다 투명한 소녀가 사랑이라는 이름으로 접은 종이학이다. 이 세상의 사랑을 물건으로 헌신할 수 있다면 바로 그녀가 준 종이학일 것이다. 나는 백 캐럿의 다이아몬드와도 바꿀 수 없는 가장 소중한 사랑을 받았다. 그런데도 그녀는 돈이 없어 제대로 된 선물을 주지 못해 미안하다고 했다. 사랑은 슬퍼서 아름다운 것일지 모른다. 미안해하지 않아도 되는 사랑을 미안해하는 그녀를 지켜주지 못한 나는, 눈에 땀이라도 들어간 것처럼 제자리에 서서 발을 동동 뒹굴었다. 어떠한 상황에도 밝게 웃던 소녀였다. 혹여나 나의 선물 때문에 슬픔에 젖어들지는 않았을까 괴로웠다. 나는 한참을 고민하다가 소녀에게 답장을 겨우 보낸다.

"종이학 하나와 다이아몬드 천 개와도 바꾸지 않겠다."
내 사랑을 넘어서 이제는 내 영혼이 그녀를 직접 사랑한다.

혹독한 강원도 영월의 겨울이 끝나고, 나는 야구선수가 되기 위해 청주로 전학을 갔다. 그렇게 우리는 연락이 끊기게 되고 다시는 만날 수 없게 되었다. 그녀를 영영 떠났다고만 생각했다. 하지만 오랜 시간이 지난 지금도 매년 한 번씩 그녀는 예고 없이 나를 불쑥 찾아온다. 비 내리는 오후 3시, 한 카페 테라스에서 혼자 상념에 빠진 채 커피를 마시는 여인이 있다. 나는 우산도 없이 멍하니 깊은 생각에 잠긴 그 여자에게 쿵쾅거리는 심장으로 걸어간다. 마치 무언가에 홀리기라도 한 듯이. 어떤 고민이 있길래 내리는 빗속만을 멍하니 쳐다보고 있는 걸까. 용기를 내 그녀에게 다가가 말을 걸려는 찰나, 그녀가 순간 고개를 돌려 나를 쳐다본다. 그녀다. 벙어리장갑을 꼈던 소녀. 그녀가 분명했다. 내게 천 개의 종이학을 접어준 소녀. 그녀가 내 꿈에 나타났다. 그렇게 열네 살의 시작된 내 첫사랑은 매년 예보도 없이 내 꿈에 나타나 한 번씩 자신의 모습을 비추곤 사라진다. 이제는 그녀의 이름도, 얼굴도 모든 것들이 희미해지는데 왜 그녀는 계속 내 꿈에 나타나는 걸까. 아무래도 내 영혼이 그녀를 아직까지도 선명히 기억하고 있어서겠지. 내 육체와 정신이 갈수록 낡고 병들어 잿빛으로 사라진다 해도, 내 영혼이 또렷이 기억하고 사랑하는 너는 백 번의 환생을 거듭한다고 해도 영원히 잊을 수 없는 사랑이다. 그러니까 천 개의 종이학이 한 번씩 환생해서 천 번을 너를 사랑하고 난 다음에야 내 영혼은 너를 잊을 수 있을 것이다.

○

이 좋은 세상 두고
떠난 임이여

사랑하는 임이여.

임에 대한 나의 단편은 점과 선으로 이루어져 있어 서로를 잇는 길이 없소. 저 하늘의 견우와 선녀도 칠월의 칠석이 오면 천상의 신들께서 하늘 문을 활짝 열어주시거늘, 나는 당신의 피와 살을 쏙 빼다 닮고도 임이 없는 물목과 산맥만을 배회하오. 새하얀 버선은 어디에 벗어놓고 파란 천 이은 가마는 어디에서 올라타신 건지 임을 따르는 이는 당최 알 길이 없소. 천 년에 한 번, 은하수가 눈물 쏟는 날 오거든 그 사이에 임이 흘린 눈물 한 방울. 내가 꼭 찾아 임 향해 절 올릴 날이 올 거라 아뢰오. 이승의 세상은 저승을 닮지 못하여 임을 안을 수도 없고 같이 말할 수조차 없소.

염라국의 대왕은 엄중하여 딱한 사정에도 회초리를 드는 법이라는데 임이 저지른 모든 일 또한 내가 대신 매를 맞고 벌을 받는 건 어떻소이까. 이승은 여전히 춥고 배가 고픈데 임이 서 계신 곳은 어떠하오. 살아생전과 같이 따끔거리고 여전히 마음에는 바다가 눈물처럼 출렁거리오리까.

임께서 바라보시는 세상 또한 여전히 가슴에는 슬픔이 길을 잃고 바다는 소리 없이 파도로만 부서지셨나이까. 아버지 서 계실 적 땅에는 무슨 꽃이 피셨나이까. 빈 제 가슴에는 여전히 아버지의 비치지 않는 그림자만이 산처럼 내 안을 지탱하고 있나이다.

이 좋은 세상 두고 떠난 임이시여.

이승에서 흘린 눈물. 부디 저승에서는 전부 걷어가 이제는 따스함이 철철 넘쳐흐르길 바라오. 임에게 있는 죄는 내가 다 집어삼켜 한빙지옥도 좋고 무간지옥이라도 헤쳐 들어갈 테니 임 대신 세세생생 내가 대신 갚아낼 거라 명부께 아뢰오. 이 편지가 임께 닿거든 저승의 처사들은 반드시 대왕께 아뢰시오.

신 임의 자 임신생 아무개는 임의 모든 죄업을 대신 등에 짊어지고 천리만리라도 기꺼이 들어가겠나이다.

○

살아야 하오?
_____
나 정녕 살아야만 하오?
_____

결국, 아무것도 아니게 되는,

하나의 이름으로 된 짧은 생애를 아시오?

비가 오면 비에 젖어 눈물이 희석되고, 해가 뜨면 메말라버리는

아아, 그런 자욱마저 사랑하던 이가 있다오.

어찌나 가여웠던지 말을 다 못하오.

사랑을 하였소. 변치 않을 약속이라 생각하여,

행복만을 집어 들었소.

그렇게 당신 손을 잡고 바다의 모래 위를

첨벙첨벙 걸어 다녔소.

갑자기 해가 지었소.

캄캄한 저녁별이 으스스한 공기를 매만지오,

내 손에 쥔 모래알이 어느덧 금세 손가락 사이로 빠져나가오.

나는 당황하오. 한 치 앞도 보지 못하오. 알지 못하오.

사랑은 모래알처럼 허망하였소. 당신 손은 바람이었소?

바다는 파도처럼 흐느껴 우오. 이제 행복 따윈 없소.

애초부터 없었소. 꿈만을 꾸었소. 나는 어디에 있소.

나는 지금 여기에 있는 게 분명하오. 그대 내 허망한 망상이
었소?

이제는 그 무엇도 믿지 못하오. 사랑은 없소.

살아야 하오? 나 정녕 살아야만 하오?

영원한 행복을 약속한 말만이 귓속에 맴도오.

새끼손가락 건 맹세와 당신의 미소는 빈자리오.

꿈을 배회해도 찾을 수 없소.

그래 광인이오, 나는 광인이었소.

있지 않은 걸 잊겠다 하오.

미친 게 분명하오.

이생의 기억은 분명 당신을 칠렁칠렁 쫓고 있소.

그런데 목적지는 그 어디에도 없소.

나는 허망하오. 모두가 갈 곳을 찾아 분주히 가오.

나는 길 위의 빈 섬이오. 바다는 없소.

메마른 대지 위에 둥 둥 떠버렸소.

평생을 헤매다 기억 속에 죽겠소.

나는 스스로를 저주하오.

이제 내 인생의 너는 없소.

사랑을 마지막까지 사랑한 대가는 참혹하오.

스스로를 지키려 들지 마오. 나도 아오.

내 입을 상처, 참혹히 두렵지만

내 어찌 당신이 다치게 가만둘 수 있소.

내가 대신 다치겠소. 내가 대신 죽겠소.

그래 나는 광인이오,

하나의 이름마저 찢어 갈긴 결국 아무것도 아닌 생애요.

빗물에 녹아나오. 태양에 흐물해지오.

그렇게 영영 사라지오.

지금 부는 바람은 당신 손이오?

다시 내 곁을 찾아온 게요?

나 당신 손 마지막으로 한번 붙잡고

이생을 잊고 행복하게 눈 감겠소.

당신 손잡고 바다의 모래 위를 걸었던 길,

꿈이라 한들 내 어찌 잊을 수 있겠느냐마는.

○

너를 잃고
나는 우네

너는 갔다. 그 빈자리, 깊게 파인 웅덩이에 눈물이 고이기 시작한다. 비가 오지 않아도 어째선지 너와 갔던 모든 곳이 움푹 파이고 덜컹거리기 시작해서 내 인생이 범람한다. 정시에 출발해야 할 버스가 이미 늦었다. 너와의 기억이 담긴 거리마다 덜컹거리기 일쑤여서, 나는 목적지에 와 닿지 못하고 계속 먼 곳으로 돌아가야 했다. 너의 목소리는 더 이상 버스의 안내 방송처럼 나를 목적지까지 알려주지 않았기에 한참을 헤매야 했다.

혼자 들어서는 병원에는 차가운 주삿바늘과 웃지 않는 사람들이 절벽 같은 얼굴로 타인을 부르며 돌아다닌다. 내 이름을 부른 주사실, 팔뚝에 맞는 주사는 도무지 끝날 기미가 보이지 않는다. 마치 1리터 대용량 아메리카노가 유행인 것처럼, 주사에도 대용량 사이즈가 있는 걸까? 팔뚝을 관통한 주삿바늘은 마치 억겁의 시간을 주입하는 것만 같아 너무 괴롭다. 그저 술을 먹지 않아도 세상이 핑 핑 돌 수 있는 거구나, 나는 생각했다. 오늘 집에 도착해서 한쪽 눈이 거의 보이지 않았다. 나이 서른에 일어난 일이라고 하기에는 너무 충격적인 일이라 오히려 안도했다. 아무나 붙잡고 묻고 싶었다.

나 살아야 하오? 나 정말 살아야만 하오? 놀란 가슴을 부여잡고 안경을 꼈다 벗었다만을 반복하지만, 곧 무의미한 공해임을 깨닫고 이내 포기했다. 세상을 바라보는 한쪽 눈은 이미 어긋났다. 어쩌면 처음부터 인생의 추가 기울어진 게 이제서야 무너져 내리는 걸 수 있다. 차곡차곡 쌓아가야지만이 살아갈 수 있는 사람이 있다면 나처럼 처음부터 기울어진 채로 시작해, 완전히 무너져야지만이 제대로 살 수 있는 사람도 있는 것이다. 나는 그렇게 생각했다. 몸이 아프고 하나씩 고장 나서 죽음을 향해 갈 때도, 이것은 끝나는 게 아니다. 새로운 시작이라고. 나는 그렇게 믿기로 했다.

○

유전적 인간

스스로 자각할 때부터 겁을 먹기 시작했다. 사람은 믿을 수 없는 존재였다. 나를 둘러싼 주위의 공기가 사실은 따사로운 햇볕을 가장한 날카로운 창살에 불가했다는 건, 기억에게도 해각(海角)이 있다는 것을 뜻했다. 결코 들추고 싶지 않던 끔찍한 기억은 언제까지나 손과 발처럼 내 옆에 존재했다. 추억은 파도 밑에 숨어 있었고 거울에 비친 나는 오롯이 나 자신이 아니었던 걸로만 생각했다. 내 피부를 스스로 만져보기 전까진 내가 살아있다는 사실조차도 믿을 수 없었다. 웃고 싶지 않은 순간이 찾아올 때면 울어야 했다. 사람들의 손가락질이 두려워질 때면 비난을 회피하기 위해서라도 입가의 주름을 위로 끌어올렸다. 그러면 많은 말을 하지 않아도 모든 실타래가 풀린다는 걸 본능적으로 터득했다. 미소 한번 짓는 것만으로도 산적한 수많은 문제를 해결할 수 있었다. 어쩌면 해결이라는 이름 하에 스스로를 가둔 걸 수도 있었겠지만, 모든 것이 어색했던 이 엉성한 남자는 화를 내야 하는 순간마저 목청을 높이지 못했다. 그에게 있어 타인에게 자신의 감정을 드러내는 일은 불가항력적인 사건에 불과했다. 기뻐하는 법조차 몰랐으니까. 어색하게 박수를 쳐야 하는 건지 아니면, 남들처럼 소리 지르듯 환호해야 하는 것인지, 그것도 아니라면 양팔을 귀에 붙이듯 높이 들고선 방방 뛰기라도 해야 하는 건 아니었는지.

나는 편안한 거짓을 증오한다. 역시 최고의 도피처는 입가의 주름을 살짝 위로 당기고는 금세 고개를 푹 숙이는 일이다. 내 할 일을 찾아 두리번거리는 일뿐이다. 불안정한 사람이 하는 모든 일이 그렇다. 전부 불안하다. 그런 사람에게 있어서 사랑 또한 으레 불완전할 뿐이었다. 가장 큰 실수처럼, 성찰은 항상 마지막 순간에만 제 모습을 드러내기 시작한다. 나는 스스로를 자각했다는 최악의 오판을 했다. 결국, 파국에 다다라서야 나지막이 읊조릴 수 있었다.

나는 나 자신에 대해 아무것도 알지 못한다.

사랑은 사람이 하는 일이 아니었다. 상처를 가득 안은 사람에게 사랑을 끌어안을 갈비뼈는 붙어있지 않았다. 흘러내리는 사랑의 모래를 더욱 격하게 안으려 해도, 갈비뼈의 빈 공간 사이로 계속해서 빠져나가는 이질적인 비참함에 깨닫고야 마는 것이다. 나는 갈비뼈 없이 태어난 남자였다는 걸. 그러곤 다시 한번 더 끝까지 속고야 마는 것이다. 사랑에도 당할 수 있다는 걸. 사랑할 수 없이 태어난 유전적 인간도 있다는 걸.

나는 스스로를 자각한다고 생각할 때부터 아무것도 보지 못했다. 정확히 그때부터다. 거울을 보는 일이 두려워져서 내 모습이 비칠만한 곳은 모조리 피해 다녔다. 살아 있다고는 하나, 내 얼굴을 더듬어 보면 거뭇한 수염만 만져질 뿐, 눈, 코, 입은 어디에도 존재하지 않았다. 불안정한 사람이 하는 일은 으레 그러하다. 그는 사랑뿐만 아니라 모든 것에 불완전하다.

어찌 해야 한단 말인가

나 살아 있었을 제

너의 이름 부를 때

네 이름 메아리 되어

산등성이에 꽃처럼 흩날렸노라

바람 불고

별이 반짝이다가

나 살아 있었을 제

너의 이름 부를 때

추운 겨울 솟아난 햇살

나를 따스히 안아 주었다

이제 나 살아 있을 제

너 사라져 있음에

너의 이름

아무리 세차게 불러도

메아리 돌아오지 않는다

나 살아 있었을 제

너 있음에 모진 사람 세상 풍파 앞에

내 살점 조금씩 찢겨 나가도

나 버틸 수 있었는데

나 살아 너 없어진 지 이미 오래

바람은 불지 않는다

구름은 사라지고

별도 땅으로 떨어지고야 만다.

우야 우야

나는 어찌 해야 한단 말인가!

우야 우야

나는 어찌 살아가야 하는가!

기약 없는 이별은

만날 수 없는 너를

그림자처럼 세워두고

눈물에 잠긴 과거만이

길 앞섬까지 나와

오늘과 내일을

빗장 걸어 잠글 뿐인데

◦

제이에게

────────

그러니까 이 이야기는 너의 번호를 누르는 메시지에서부터 출발한다. 나의 모든 이야기가 늘 똑같은 출발선에 서서 시작한다. 시작을 알리는 종소리는 바로 너의 번호를 누르는 길 위에서다. 어떻게 시작하면 좋을까. 너의 이름을 먼저 부르면 될까, 그래 제이야 어떻게 지냈어? 아니 이건 오랜 친구 사이 같다. 제이야 잘 지냈어? 아니 이건 너무 오랜만에 연락하는 티를 내는 것 같아. 나는 수십 번 고민하며 최대한 아무렇지 않은 척 말을 걸기 위해 너에게 보내는 메시지의 첫 문장을 수없이 고치고 뜯고 쿵쾅거린다.

그저 우연히 산들바람이 귓등을 스치는 것처럼, 그렇게 나의 메시지도 너를 스치게 되는 거였다고. 나는 보고 싶다, 아직도 너만을 사랑한다, 이 한마디를 그렇게도 하고 싶어서, 끝없는 핑계를 구실삼아 너에게 연락할 변명을 찾는다.

매일 아침 나의 하루가 시작되기도 전에 말이다. 결국, 매일 아침 시작하는 나의 메시지는 너의 미래를 축복하고, 너의 현재를 걱정하고, 너를 위해 기도하는, 축복과 걱정 그리고 기도뿐이었다. 그렇게 완성된 내 모든 이야기는 항상 전송 버튼을 누르기 전, 내 손에 의해 삭제됨으로써 장황한 최후를 맞는다. 드라마나 영화처럼 극적인 장면 따위는 존재하지 않는다. 정말로 아름다운 사랑의 마무리는 내가 너의 곁에서 없어야 한다는 걸 안다. 너의 평온한 일상에, 잔잔한 호수 같은 하루에, 나라는 불행한 존재가 다시 암울처럼 드리우는 게 나는 그토록 두려웠던 것이다. 나는 너를 행복하게 할 수 있는가, 여전히 나의 대답은 강한 부정이기 때문에. 돌이켜보면 이별 후 내가 하고 싶은 모든 말은 전부 평계를 가장한 사랑이었다.

사랑한다. 이 쉬운 한마디를 하지 못해 변명만 늘어놓는 몸짓, 손짓, 발짓이었다. 옥탑방에 있는 카페에서 쿠션 의자에 기댄 너의 얼굴을 바라본다. 아무 말 없이, 어떠한 변화도 없이 그저 묵묵히 너만을 쳐다본다. 이 세상 할 게 너무 넘쳐나 시간이 없어 고민인 유희거리 속에서 나는 너의 얼굴을 바라보는 것보다 더 귀중한 것을 발견하지 못했다. 휴대전화기를 만지고 게임을 하고 달콤한 음료를 마시는 것은, 너에게 비하면 시시한 놀이였다. 너의 표정에서 아장아장 걸어 다니는 아가의 미소와 새하얀 눈동자를 볼 때면, 나는 이미 천국에 와있는 듯했으니까. 죽을 수도 있다. 이 사람이라면, 이 사람이 지금처럼 짓는 미소를 할머니가 될 때까지 볼 수 있다면, 그렇게 웃게 해줄 수만 있다면, 나는 내 모든 삶을 희생할 자신이 있다. 만약 이게 사랑이라면 나는 오늘부터 불타는 지옥에 스스로 들어가 온종일 빠져 타올라도 상관없다.

아무에게도 보여주지 않았던 너의 모습, 의젓하고 씩씩한 일상 뒤편으로 숨겨진 너의 얼굴. 아가야 그리고 공주야. 이 두 단어로 너를 부르는 것은 전혀 부끄럽거나 벅차오르는 일이 아니었다. 너의 존재 자체가 이미 아가처럼 사랑스럽고, 공주처럼 기품 있는 하얀 새를 닮아서, 거짓말을 하면 안 되는 글쟁이에게조차도 두려움 없이 너의 진짜 이름을 부를 수 있었다.

제이에 보내는 메시지는 늘 전송 버튼을 누르기 전 내 손에 의해 삭제되는 것으로 하루를 마친다. 그러면 더는 아가야 공주야도 없다. 나는 모든 미련을 애써 지우고, 너는 나와 아무 상관이 없는 사람이다, 습관처럼 읊조린다. 하지만 돌이켜보면 조금씩 자라나 있는 손톱처럼 너에 대한 사랑과 그리움은 내 안에 촘촘한 보석처럼 박혀있다.

죽을 때까지 사랑해. 아니 그거론 부족해. 죽고 나서도

귀신이 되어서까지 함께 해. 응. 우리 그러자. 그랬던가? 그
랬었던가. 이제는 기억이 잘 나지 않는다. 잊혀져야 할 기억
이 더욱 선명해지는 건, 손톱이 자라고 나서부터다. 나는 그
러면 참을 수 없고 다시 너를 아가야, 공주야 부르며 애타게
찾는다. 너의 이름을 부를 때 왜 너는 없을까. 나는 아무리
울부짖으며 슬픔이 우거진 숲에서 너를 찾아봐도, 더는 코
를 찡긋하고 웃던 아가의 미소를 볼 수 없다. 이제는 눈물이
질척거리는 미로 가운데 빠져, 탈출구가 그려진 지도를 스
스로 태워버렸다.

그리워할 수 없는

존재를 그리워하는

죄악에 대하여

이제 항복할게. 그래 인정하겠어. 나는 너를 잊지 못해. 그러니까 너를 내 삶의 일부로 두고 살아가려고 마음먹었어. 자꾸 너에게서 벗어나려고 할수록, 내 깊은 동굴 안에서 네 미소가 활짝 피어올라. 너를 그리워하는 것조차 죄악시되는 나의 형벌. 언젠가 피사의 사탑을 너무나도 증오한 예술가의 이야기를 들은 적이 있어. 피사의 사탑에서 벗어나는 방법은 하나뿐이라고 하더군. 바로 피사의 사탑 안으로 들어가서 더는 사탑을 바라보지 않는 방법밖에 없다고. 처음에는 어리석다고 생각했는데, 이제는 그 예술가의 마음을 이해해. 네가 그랬었지. 내 목소리가 동굴 같다고. 나는 캄캄한 동굴처럼 아무도 오려고 하지 않는 비밀공간에서 혼자 하늘을 그리워하고 있어. 다시는 너를 볼 수 없겠지. 언젠가 내가 죽는 것에 대하여 너에게 농담처럼 만약이라는 핑계를 대고 자주 이야기했었는데, 지병으로 일찍 죽으면 네가 슬플까 미리 언질을 준거였지. 네가 말했었지. 내가 너무 슬픈 탓에 너도 슬픔의 바다에 적셔지는 게 너무 두려웠다고, 그래서 떠나는 거라고, 그래. 괜찮아. 나는 너를 이해하니까, 너 없는 자리마저도 사랑했기에. 나는 발버둥쳐야만 했어. 살아야지. 계속 살아가야지. 그런 데 있지. 아아, 정말이지 인생은 왜 이렇게 비극의 연속일까.

세상을 바라보는 내 한쪽 눈을 영영 잃어버릴지도 몰라. 녹내장이 언제 시작될지 모른다고, 알고 보니 녹내장은 실명 질환이라고 하더라고, 가슴이 답답해 미칠 것 같아. 내가 기댈 수 있는 곳은 어디일까. 나는 미친 듯이 너를 찾았어. 내가 울 때 왜 너는 없을까. 너의 번호를 누르고 미치도록 너의 이름을 부르고 싶었어. 내가 마지막으로 끌어안았던 너의 향기와 너의 모습, 너와 손을 잡고 걷던 거리의 기억을 붙잡고 울부짖고 싶어.

나 살아야 하오? 나 정말 살아야만 하오? 아무나 거리를 지나가는 사람을 붙잡고 울면서 애원하고 싶었어. 나 정말 살아야 하는 게 맞는 거야? 정녕코? 이제부터 나는 시한폭탄을 지니고 살아가야만 해, 제이야.

언제부터 잘못된 걸까. 지독히도 고단한 엄마 밑에서 태어나 백일이 채 되지 않았을 때 한번, 군대를 전역해서 한

번, 그렇게 총 두 번 버림받았을 때부터? 전신의 문신을 한 아버지가 절규하는 소리를 유치원생 때부터 두 귀로 들으며 슬픔이 무엇인지 뼈저리게 느끼며 살아갔을 때부터? 아니. 이건 다 핑계다. 세상에 쌓아 올린 내 생애의 탑은 처음부터 어긋나버렸다고. 그래서 그 대가를 치르게 되는 거라고, 나는 이제야 혹독한 죗값을 받는 거라고. 내 아버지는 건달이었소. 내 어머니는 매정한 여인이었소. 그 사이에서 태어난 내가 감히 시인이며 작가가 될 수 있는가. 너를 만나 희망을 얻었는데, 이제는 그 희망마저 사치가 되어버렸어. 다자이 오사무라는 작가는 인간 실격이라는 작품을 유작으로 쓰고 자살하면서 "더는 소설이 쓰기 싫어 죽는다."라고 했어. 애석하게도 나는 그의 심정을 이해해. 그는 사실 소설이 쓰기 싫어 죽은 게 아니야. 더 이상 자신을 대신해서, 아파할 글을 쓸 수 없어서, 자신의 모든 역량을 부어낼 글을 쓸 자신이 없기에 죽은 거야. 나는 단언할 수 있어. 그러니까 나도 하루빨리 내가 쓰고 싶은 모든 이야기를 마무리 짓고 싶어. 두 번 다시 나처럼 불행하고 슬픈 인생이 없기를 바랄 뿐이야. "태어나서 죄송합니다." 그와 나의 유일한 공통점이라고 할 수 있겠지.

제이야. 왜 세상은 행복의 뒷면만을 내게 보여주는 걸까. 내가 행복해야 하는 순간마다, 행복은 늘 그림자만 비추고 그 뒷면만을 내게 쓸쓸히 내비치었지. 너를 만나러 가는 길에 나는 내 첫 번째 책의 폐기 통보를 들어야 했고 너와 헤어지는 길에서는 세상이 싫어져 글마저 등졌어. 모든 아팠던 기억이 눈물처럼 번지니까, 더욱 선명해진 건 네 미소뿐이야. 나는 그 미소라도 붙잡아야겠다 싶어, 절필했던 글을 다시 붙잡았지. 그런데 이제는 녹내장이 시작될 수 있다고, 자칫 네 미소조차 다시 바라볼 수 없게 될지 몰라. 나 정말이지 너무나도 살고 싶었는데, 세상은 죽으라고만 하네. 내 운명이 나를 낭떠러지 끝으로 떠미네. 이토록 비참한데도 나 살아야 해? 나 정녕코 이토록 비참한데도 정말 살아야만 하는 거야? 아직 너와 듣고 싶은 음악, 너에게 들려주고 싶은 이야기, 같이 보고 싶은 영화가 많은데 하나도 보지 못했어. 그나마 다행인 건 내 한쪽 눈이 멀쩡할 때 바라본 마지막 사랑이 너라는 거야. 이 세상에서 제일 따뜻하고 착한 사람, 당신. 네가 재잘재잘 떠들 때면 아기새가 곁에 있는 것처럼 내 마음은 너무나도 편안했어. 나는 너에게 수없이 많이 사랑한다고 이야기했지. 너는 어쩜 사랑한다는 말을 쉽게 할 수 있냐고, 자신은 그럴 수 없다고 나를 핀잔했었지. 하지만 돌이켜 보면 내가 한 모든 일 중에서 유일하게 후회하지 않은 건 오직 그것뿐이야. 너의 목소리를 듣고 너의 미소를 쳐다볼 기회가 있었을 때, 사랑한다는 말을 쉼 없이 했다는 것. 그러면서 사랑한다는 말보다 더하고 싶은 말이 있었는데 그 말은 영영 하지 못하고 끝나게 되었네. 바로 "지켜줄게."라는 네 글자. 나는 그 말이 그토록 두려웠을지도 몰라.

사랑을 지키는 데 실패한 사람이 다시 사랑을 시작한 게 문제였을까. 어쩌면 나는 두려움 때문에 너를 지켜주겠다는 약조를 하지 못한 걸지 몰라. 비겁한 겁쟁이는 말을 해야 하는 순간에도 끊임없이 도망만 치는 법이거든. 하하, 변명만을 더 늘어놓고 싶은데, 시간이 없다. 그래. 과거에 대한 회상은 이쯤 하자. 이제는 죽음을 준비해야겠다. 점점 시력을 잃어가는 듯한 내 한쪽 눈으로 매일 아침 태양이 떠오르는 걸 하루하루 마주하는 게 고통스러워. 매일 아침 태양이 밝아오는 순간이 나를 죄인처럼, 사형장으로 끌고 가는 수레바퀴보다 더한 고통으로 이끌고 있어. 아침마다 떠오르는 태양을 보며 나는 매일 시험에 들어. 내 눈이 멀쩡한지 천천히 고개를 들어 햇빛을 바라보며 확인해야만 할 때, 내가 느끼는 비극. 아아, 내 삶을 진흙으로 녹여내고야 말아. 이제 와서 너에게 연락한들 무얼 하겠어. 나 한쪽 눈이 보이지 않아, 그러니 동정해달라고? 네가 봤다시피 나는 죽는 것보다 자존심 다치는 일을 더 증오해. 그러면서 거리의 걸인들에게는 한없이 자비해. 아주 모순적이고 역겨운 놈이야. 아, 나조차도 토악질이 나와. 목 뒤에는 새카맣게 탄 노동의 자국을 견디고 있으면서, 그 정반대의 얼굴에는 누구보다 새하얗고 창백한 얼굴, 나는 양가적인 모순에 갇힌 거야. 아무리 생각해 봐도 내 결론은 하나뿐이야. 나는 죽어야 한다. 이게 내 결론이다. 모두가 죽음을 향해 달려가지만, 나는 더욱 가혹하게 내 죽음에 채찍질해야 해. 불쌍한 제이. 나를 영원히 잊지 말라고 했었는데, 이제는 그 말조차 취소야. 그리워할 수 없는 존재를 그리워하는 죄악에 대하여, 아아, 나는 그 형벌이 무엇인지 이제야 깨달았네. 부디 너의 앞날에 행복이 있기를, 다음 생이 있다면 다시는 스쳐 지나가지 말자. 나는 끝까지 혼자 남아 죽을 것이므로, 앞으로도 영원히.

그리워할 수 없는 존재를 그리워한 죄악.

○

한 사람을 잊는다는 건
하나의 세상을
잃는 것이다

두 개의 점을 찍고 서로가 마주 보았다. 평생 달려오던 속도와 바라보던 별의 이름마저 달랐던 우리가, 수평선처럼 서로를 마주하고도 같은 속도로 바라볼 수 있었던 건 바로 양보와 이해 덕분이다. 서로의 눈을 마주치며 한 걸음씩 발을 맞춰 걷다 보니 남들은 모르던 속마음까지 우리는 알 수 있었다. 가장 가까운 가족이라 해도 알 수 없을 내 가슴 안의 슬픔과 눈물까지도, 서로의 마음에 점을 찍은 나는, 나와 같은 수평선을 바라보게 된 그대에게만큼은 전부 알려줄 수 있었으니까. 그런데 그 세상이 조금씩 흔들리다가, 이제는 흔적도 없이 무너져내리기 시작한다. 산사태가 나기 시작한 산이 조금씩, 조금씩 흙이 무너지고 깎아내리다가 종국에는 전부 흘러내리는 것처럼, 나는 끊임없이 무너지고야 말았다. 당신의 휴대전화기에 내 번호가 저장되어 있지 않다는 사실을 알지 말았어야 했다.

그 사실을 알게 되니 정말 가슴이 바늘에 찔리는 것처럼 따가워서 나는 발바닥에 가시가 붙은 것처럼 제자리에 가만히 서 있지를 못했다. 우리는 서로가 행복하길 진심으로 바라며 아름다운 이별을 했다고 생각했는데 지금은 번호조차 삭제하고 뒤돌아보지 않는다는 사실이 뼈아프다. '이럴 줄 알았으면 시작도 하지 말걸.' 뒤늦은 후회만이 가득하지만, 그래도 후회하지 않으려고 한다. 사랑하면 다 주어야 하고, 다 주기 시작하면 모든 것을 잃을 각오쯤은 되어 있어야 하니까. 한쪽에서 조금만 더 용기를 내 다칠 각오를 하면, 반대편에 서 있는 사람은 조금이나마 덜 다칠 수 있다. 헤어졌다고 끝은 아니니까, 지켜줄 수 있을 때까지 끝까지 보호해야 한다. 사랑은 마무리마저 사랑해야 진정 사랑으로 끝나기 때문에.

그래서 집착을 하고, 뒤늦은 미련의 문자를 첨벙첨벙 남기는 것은 진흙탕에 들어간 다섯 살 아이의 신발처럼 서로의 마음을 상하게 하는 일이라는 걸 분명히 안다. 망가지거나 다치는 건, 늘 불행해지거나 슬퍼지는 건, 나 한 사람이면 충분하니까. 그게 사랑의 방정식이다. 사랑이 끝났어도, 가장 사랑했을 때보다 더 아끼고 보호해 주는 게 진정한 남자니까. 다만 한가지 욕심이 있다면, 당신께 쓴 편지 한 장.

그 편지만큼은 당신의 서랍에서 영영 사라지지 않았으면 한다. 이기적인 생각일 수 있겠지만 적어도 내 시를 뭉툭한 연필로 적어 바친 예쁜 편지가 당신을 부적처럼 지켜줄 거란 걸 진심으로 믿기 때문이다. 당신이 매일 잠이 드는 침대 한편에서 내 편지가 든 서랍이 은은하게 빛나 모든 악몽을 쫓아주길. 그대, 잠꼬대로 이불을 발로 차더라도 따스한 품처럼 당신을 감싸 안아주기를. 부적이라는 건, 진실한 마음이 통해야만 발휘하는 것이니까, 씩씩한 어른인 척하지만 사실은 아기나 다름없는 네가 더는 상처받지 않고, 늘 보호받고, 따스한 햇볕 속에서 한 송이 꽃처럼 피어오르길.

내가 당신을 얼마나 아끼고 바라는지 진실로 안다면 세상의 신께서도 반드시 그대를 보호해 주실 것을 알기 때문에. 나는 그렇게 한 사람의 세상을 알게 되었다. 그녀의 세상은 슬픔과 아픔이 땅에 묻혀 있었고 그 위에는 밝게 웃는 꽃송이들이 동산처럼 펼쳐졌다. 그녀가 웃을 때는 주변의 환경도 같이 환해졌다. 나는 그녀가 웃을 때마다 오히려 슬픔에 빠졌다. 그녀와 같은 수평선을 달렸던 나는 그녀의 땅에 묻힌 아픔이 무엇인지 알기에. 그래서 그녀가 세상을 환하게 바꿀 미소를 지을 때 가장 가슴이 아프다. 아름다움은 슬픔을 내면에 간직하기 때문에 존재하는 것인지 모르겠다. 그러니 신이시여 부디 그녀만큼은 반드시 잘되게 해주소서.

오늘처럼 비가 올 때면 목적지도 없이 길을 잃는다. 비가 오는 날이면 서울에서 나를 보러오던 네가 다시 오는 것만 같아서. 하지만 아무리 기다려도 도착하는 사람은 없다. 나는 제자리에 서서 너일까, 너였을까. 내리는 빗방울에 물어보지만, 비는 타인의 시선처럼 나를 외면하며 땅에 떨어지기 바쁘다. 이제는 떨어지는 빗방울 사이를 뚫으며 나아가야지. 그게 나 자신과의 첫 번째 약속이다.

○

사랑이 사람으로

잊혀지네

내 품에 고이 안겨 제집처럼 잠이 들었네요. 아, 당신이 아니었네요. 다른 사람이었군요. 내 팔을 베고 누운 당신의 온기인 줄만 알았어요. 아 참, 지금 내 옆자리를 가득 채워 주는 사람은 내 사람이에요. 나를 사랑해 주는 가여운 사람. 당신과 헤어지고 울음에 들어선 나를 구원해 주었어요. 내게는 참 고마운 사람이에요. 헌데 익숙한 향기가 자꾸만 내 마음에 차올라요. 당신의 냄새를 잊을 수 없어요. 단 한 사람에게서만 맡을 수 있는 향이니까, 잊으려 해도 이미 내 본능 속에 깊게 스며들었나 봐요. 내 영혼이 당신의 향기를 기억하나 봐요. 나는 그걸 부정하지만 그럴 때마다, 내 심장은 불빛이 꺼져가는 신호등처럼 어두워져요. 나도 알아요. 사랑하는 사람을 두고 다른 누군가를 생각하는 게 잘못되었다는 것을. 아아, 지금 내 곁에서 눈물을 닦아주며 나를 토닥여주는 그녀의 향기도 나 못지않게 슬퍼요. 그녀가 자신의 향기로 내 안을 환기할 때 난 당신이 점멸처럼 떠올라요. 아아, 사람이 사랑으로 잊혀지네. 영원할 것 같던 사랑도 결국 인간의 번뇌에 파묻히고, 내 영혼이나 심장 같은 과거세의 먼 곳에 허겁지겁 소중한 추억인 양 급하게 파묻히겠죠. 그렇게 당신의 모든 것들은 내가 살아가고 있는 속세와 완전히 어긋나버릴 거예요. 두 번 다시 볼 수 없고 만날 수도 없어서 상상 속에서나 그대와 함께하는 그림을 겨우 그려볼 수 있겠죠. 내 영혼과 몸은 그렇게 따로 분리되겠죠. '언제라도 끝까지 같이 있어줘.'는 거짓말이었어요. 언제라도 진실은 "끝까지 같이 죽어줘. 이게 내 진심이야."라는 말 뿐이었던 거에요.

당신이시여, 인생의 동반자는 한 사람의 생애에서 가장 사랑하는 사람과 이루어지는 것이 아니라는 말을 기억하시나요? 결혼을 해야 할 시기에 우연히 만나 사랑을 하게 된 사람이 아이러니하게도 평생의 동반자가 된다고 들었어요. 처음에는 그 말을 믿지 않았는데, 이제는 숙명처럼 믿게 돼요. 그 우연이 아무래도 인연이겠죠. 필연이라고 하는 게 더 맞을까요. 그런 의미에서 나는 당신께 인연도, 필연도, 아니 우연조차도 되지 않는, 아무것도 아닌 사람이네요. 그러니 그대, 내가 아닌 누군가를 동반자로 만나 한 사람의 부인과 어머니로 평생을 살아갈 것을 생각한다면, 간절히 기도합니다. 부디 좋은 남자를 만나 제집처럼 편히 들어 쉴 품을 얻기를 바랄게요. 나는 당신의 자리를 누군가로 채울 수 있지만, 당신의 자리는 아무에게도 빼앗길 수 없어요. 그대를 사랑한 대가로 난 앞으로 나아갈 수도, 뒤로 물러설 수도 없는 길 위에 우두커니 서 있게 되었어요. 이제 나는 살아가는 자체가 죄악이에요. 신에게 묻고만 싶어요. 사랑은 인간을 벌주기 위한 형벌인지를. 시간이 지날수록 얼굴도 이름도 희미해져 가겠죠. 오직 당신에게서 났던 땀 냄새같이 묘한 것이 내 피를 감싸 돌며 온몸에 퍼지겠죠. 깊은 바닷속으로 추락하고 싶어요. 다시는 떠오르지 않을 바다에 묶인 돌멩이가 되겠어요. 그 돌멩이 밑에 깔린 낙엽이 되어서 영영 떠오르지 않을 거예요. 잊혀질 그대에 대한 그리움과 함께.

○

다시는 볼 수 없는 달

너는 내게로 왔다. 암막 커튼이 처진 창문 사이로 어두컴컴한 아침이 내려오던 날, 지금, 이 시간이 지나면 내가 바람처럼 영영 사라질 것 같다며 걱정스러운 목소리로 전화를 했다. 잠 중에 너의 전화를 받은 나는, 마치 초원에서 양들과 함께 길을 걷는 것처럼 수화기 너머로 전해진 너의 목소리가 편안했다. 이불도 베개도 없이 잠자리에 들었던 나는 너의 전화 한 통에 잠에서 깨면서 더 달콤한 꿈을 꾸기 시작한다. 창문 밖에는 여전히 쓸쓸한 바람이 겉돈다. 약속을 잡은 시각, 세상에는 어두운 새벽하늘만이 엉성하게 자리를 차지하고 있다.

너를 만나러 가는 길에는 보랏빛 향기가 난다. 그 길을 따라 너를 만났다. 시내로 가는 마을버스에서 내려 손을 잡고 걸을 때였다. 갑자기 하늘에서 눈에 보이지 않을 정도로 작은 물방울 하나가 톡, 예고도 없이 떨어졌다. 그러자 너는 얼굴이 하얗게 질리며 소리를 질렀다. 어찌나 이렇게 겁이 많은지, 이마에 떨어진 물방울만으로 소리를 지르며 주변을 놀라게 하는 사람은 너밖에 없을 거야. 속으로 생각했다. 너는 세상에 하나밖에 없는 코를 찡그리며 웃는 특유의 미소를 하곤, 분명 하늘에서 무언가 떨어진 걸 거야, 라며 심각한 표정으로 말했다. 나는 그런 너의 모습이 너무 귀여웠으므로 씩 웃어주기만 하였다. 겁이 많은 너의 모습이 내겐 전혀 낯설지 않은 게 신기했다. 우리는 각자의 삶이 개별적으로 탄생한 이후로 30년이라는 시간이 흘러 우연처럼 만나게 된 사이임에도, 서로가 서로를 너무 많이 닮아 있었다. 가령 전자레인지에서 지지직 소리만 나도 부리나케 뛰어가 전원 코드를 뽑아버리는 나의 모습과 거리의 구석진 가게 앞에 방치된 자전거 바퀴의 거미를 보고 소스라치게 놀라는 너의 모습. 어쩜 그리 똑같은 겁쟁이일 수 있을까. 나는 혹시 네가 전생에서부터 이어져 온 나의 운명 같은 사랑은 아니었을까 하는 이야기를 했다. 너는 끝내 부인하며 고개를 돌렸다.

내가 그래도, 라며 미련을 떨었을 때에도 계속되는 너의 아양에 그만 고개를 끄덕이고 더는 아무 말을 하지 않았지만, 견우와 직녀처럼 전생에 이루어질 수 없는 사랑이 우리 사이에 가득해서 헤어지고 찢어지다가, 이번 생에 우연을 가장해서 운명처럼 다시 만난 것은 아닐까. 나는 속으로만 다시 한번 더 생각했다. 그렇지 않고서야 이렇게 닮을 수는 없다고. 우리는 어쩔 수 없는 만남을 가장해 3일이라는 시간을 함께 보냈다. 만나는 내내 비가 오다가 마지막 날에는 비가 오지 않았다. 나는 그때 큰 착각을 했다. 8월의 마지막 날이 점점 어두워지는 신호등처럼 꺼져버리면 9월에는 파란 하늘이 가득 차오를 줄 알았다. 그러나 마지막 날에 비가 오지 않았던 건 내 마음속에 줄곧 비를 흘릴 일이 있기 때문이라는 걸 깨달은 건 그리 오랜 시간이 지나지 않아서였다. 8월의 마지막 날이 시작되고 몇십 년 만에 떠오른다던 슈퍼 블루문을 보기 위해 우리는 도심의 높은 건물을 피해 손을 잡고 저녁 밤하늘을 찾아 헤맸다. 복잡한 골목을 헤엄쳐 다이소를 낀 작은 길을 빠져나왔을 때, 마침내 광활한 사거리 한복판 빌딩 위의 활짝 피어오른 슈퍼 블루문을 발견할 수 있었다.

슈퍼문은 달이 지구와 가장 가까운 곳에 있을 때 뜨는 달이다. 블루문은 한 달에 보름달이 두 번 뜰 때 볼 수 있는 달이다. 나는 몇십 년에 한 번, 겨우 볼 수 있다는 그런 달을 너의 손을 꼭 붙잡은 채로 지그시 바라보았다. 이제 다음 슈퍼 블루문을 보기 위해선 오늘로부터 무려 14년을 기다려야 한다. 마치 수십 년, 아니 수백 년의 세월 저편에 내가 너의 손을 붙잡고 전생의 한 기억 속에서 슈퍼 블루문을 본 기억이 있던 건 아닐까 생각했다. 그때 우리가 다음에도 다시 만나 반드시 이 달을 함께 보자 간절한 약조를 했던 건 아닐까. 그렇지 않고서야 가장 아름다운 달만을 보고 8월이 꺼진 뒤 9월이 탄생할 때, 예정된 슬픈 운명이었던 것처럼 우리가 영영 이별할 수 있었을까. 다음 슈퍼 블루문을 보기 위해선 무려 14년을 기다려야 한다. 14년. 너의 손을 붙잡고 같이 보았던 슈퍼 블루문이 다시 지구의 가장 근처에 도착해 그 모습을 드러낼 때까지의 시간이다. 어쩌면 수십 년 아니 수백 년을 더 기다려야 할 수 있다. 이번 생에서는 다행히 너의 손을 잡고 슈퍼 블루문을 보았다. 14년이라는 세월이 흐른 뒤에도 나는 너를 또렷이 기억한 채, 우리가 다시 만나 손을 붙잡고 슈퍼 블루문을 볼 수 있을까. 아무래도 그건 불가능하겠지. 이번 생에서 영영 끝이 난 거겠지.

그럼에도 나는 한 가지 굳은 맹세를 한다. 비가 오고 보름달이 뜨는 날이면 네가 없는 순간마저 전부 사랑하겠노라고. 하지만 지구에서 가장 가까운 곳까지 달님이 찾아와 너를 찾기 시작하면, 한 달에 보름달이 두 번이나 떠오르며 나여기 있소, 너에게 내가 있는 곳을 말하는 날이 오면, 그때는 반드시 잃어버렸던 너의 손을 다시 붙들곤 영원히 함께하자 말했던, 지킬 수 없던 그 약조를 지키려 들겠다.

○

당신이라는 사람이
하는 말

　당신이시여. 그동안 아프거나 절망스러운 건 없었나요? 새벽 한 시가 넘어가는 지금은 혹독한 추위가 공기 안에 가득해요. 저는 예리하게 간 칼에 베인 겨울의 밤이 두려워요. 오늘은 긴 긴 밤이 영원히 끝나지 않아요. 겨울밤에 들이닥친 바람은 냉소적이어서 그의 이야기를 더는 듣고 싶지 않아요.

　우리 함께 절망하지 않을 수 있을까요. 내가 내민 손이 초라해지지 않도록 잡아주세요. 이 거대하도록 캄캄한 세상이 색종이처럼 한 손에 구겨져서 빛의 원 안으로 빨려 들어갈 때까지. 빈 세상을 각자가 지닌 색깔로 칠해나가는 건 어떨까요. 저는 희망을 양손에 쥐었어요. 언젠가 배신당하겠지만 그래도 놓을 수 없어요. 눈에 보이지 않는 절망이 실재한다고 느낀 이상, 내가 서 있는 세상의 끄트머리에 낮게 내리깔린 희망이, 스멀스멀한 안개꽃처럼 얼굴이 생겨나고 있는 게 느껴져요. 시소처럼 고개 들기만을, 희망은 캄캄한 별이 죽은 세상에서 숨죽이고 기다리고 있어요. 그때부터 나는 신보다 대척점을 더 믿어요. 언제라도 정반대의 경우가 있다는 사실 하나만을 알 수 있다면 겨울 밤바람이 속삭이는 더러운 말에 속지 않을 자신이 있거든요.

○

불현듯 새벽에 깨

그리움을 적는다

언제부터였을지 모르겠어요. 살아가는 모든 것들이 아파서 숨을 쉬기 싫어요. 들이마시는 공기조차 슬픔이 가득해서, 숨을 내쉬어야 할 때마다 주저해요. 살아가는 모든 것들은 그리움이었어요. 나는 그리움 위에 솟아난 상처를 지우개로 박박 문대다가 그만, 더 지저분해지고야 마는 마음에 주름이 생기고 구겨지는 게 두려웠어요.

'더는 사랑하지 않을 거야. 더는 도전하지 않을 거야.'

현실의 벽을 부수지 못하고 내가 깨질 때마다 늘 포기와 비굴함으로 일관해 왔죠. 더 이상은, 더 이상은, 그러고 싶지 않아요. 나도 수치를 아니까요. 핑계와 변명으로 굴러가는 바퀴 같은 인생. 늘 땅에 쩔어져야만 앞으로 나아갈 수 있는 끔찍한 수레. 아버지, 아버지는 어디에 계시나요. 밤이 아니어도 볼 수 있는 별이 되고 싶어요. 그리움이 달이라면 어머니는 대낮에도 환하신 거겠죠. 나의 삶은 연민조차 없어 늘 변명과 핑계로 둘러대는, 덕지덕지 붙어있는 상처 위에 새롭게 자리 잡은 딱지, 그 이상도 아니에요. 몸을 노인처럼 말고 캑캑 거리며 숨을 쉬는 아이들이 더는 울지 않았으면 좋겠어요. 산다는 건 그런 거니까. 아파도 참고 견뎌야 하니까.

어린 양의 모습을 한 어른이 되었을지라도, 나이가 많아서 된 어른과는 다른 사람이 되어야 해요. 고통에 익숙해져서 아픔을 참아낼 줄 안다면 비록 어린 모습을 하고 있을지라도 이미 어른이니까요. 언제부턴가 보이지 않는 칼을 암벽에 박힌 꽃처럼 달고서 살아가는 모든 이들이 신처럼 보이기 시작했어요. 당신도 그랬을까요. 당신 가슴에 입은 상처마다 영혼이 흐느껴요.

우리는 모두 애써 감춰온 슬픔의 손을 스스로 발견하기 위해서 살아온 것인지도 몰라요. 내 모든 나날은 내가 애써 감춰온 슬픔의 손을 스스로 발견하는 일이었어요. 두 눈에 맺힌 눈물을 닦아내며 매번 내 슬픔의 손을 맞잡아야만 했던 과정이었죠. 혼자 쓰러져 있고 싶은 순간마저도 매번 자신의 슬픔과 손을 맞잡는 일을 놓쳐서는 안 됐어요. 슬픔의 손을 찾지 못한 사람은 나약한 인간으로 분류되어 죽어야만 했기 때문이에요. 사회는 결코 유약한 인간을 사람으로 취

급하지 않거든요. 짐짝 같은 존재는 눈에 보이지 않게 저 멀리 치워버려야 한다고, 그래서 매번 고통을 참아내고 슬픔의 손을 어떻게든 찾아내서 맞잡는 사람만이 이제껏 살아오는 데 성공했어요. 눈물은 늘 슬픔의 손을 잡기 위한 지도처럼, 항상 손등에 맺혀 있었어요. 법과 정의가 처벌할 수 없는 인간의 무쓸모는 늘 짐짝처럼 매일 보이지 않는 처형대에 올라 사회적 사형을 선고당하고 살아서 죽는, 그러니까 죽음을 선고받은 삶을, 살아서 살아내야만 하는 가장 끔찍한 최후를 맞이할 뿐이었어요. 현세의 지옥. 사형의 낙인이 찍힌 후에는 한 번씩 정처 없이 사람들 사이를 떠돌아야만 했어요. 그럴 때면 언제부터인지 그 시작과 끝을 알 수 없는 이 끔찍한 현실에 불현듯 새벽에 깨 그리움을 적어요. 슬픔이 눈물처럼 둥근 모양이면 아파할 일은 없겠지, 나는 너무 안일하게만 생각했던 거였어요.

○

가시 손

거스러미가 꽃에 박힌 손이었다. 가난한 시를 쓰는 손이었다. 슬픔에 빠진 시인의 손이 얼굴을 감싸고 있다. 세상에서 제일 괴기스럽게 태어난 사람이기도 하다. 가시가 돋친 손으로 덥석 너의 손을 잡아줄 수는 없었다고 말한다. 분명 변명으로만 들린다. 남들 눈에 보이지 않는 가시랭이가 풀의 마디처럼 내 손에서 아픔을 숨겼다. 목울대는 가시로 이루어진 게 분명했다. 상쾌해야 할 아침마저 목에 박힌 유리 조각이 달그락거리며 대신 인사했다. 목울대에 비련이 신물처럼 쓰다 했다. 울 수 없을 때마다 사랑을 뱉어내야 했다. 입안에서 우물거리다가 겨우 바늘 더미 쏟는 목구멍으로 사랑을 부어버리지만 나는 차마 당신에 대한 단 하나의 기억조차 삼키지 못하고 계속해서 헛구역질을 하는 것이다. 사랑에 대한 미련은 위를 역류하며 이것은 현실이 아니다, 하고 너울 친다. 결코, 내 안에서 빠져나오지 않기 위한 격랑에 불과한 몸짓이었다. 분명, 꿈에 그대 머리 쓰다듬으며 웃음 짓던 자상한 이는 누구였나. 지금 이 자리에 서 있는 사람은 꿈이 깬, 캄캄한 조명이 비치는 무대 아래에서 못나게 울고 있는 자신뿐이다.

파도가 치지 않는 잔잔한 호수에서 작은 오리 배에 탄 우리는 물 위를 걸었다. 물고기나 새는 우리를 위해 자리를 비켜준 지 오래였다. 바람이 불 때면 윤슬이 그네를 탄 갈맷빛 물결처럼 우리의 사랑을 위하여 아장아장 걸어온다. 파도는 주름 없이 하늘로 솟구친다. 용기 내 당신 손등 위로 덥석 내 마음 던질 때, 몰려오는 먹구름은 정해진 대본에 없는 결말이었다. 파란 하늘은 불행을 감지하기라도 했는지 소리 없이 무대 밖으로 우르르 몰려나가기 시작한다. 끔찍한 이야기를 싫어하는 이는 모두 극장 밖으로 피신했다. 하얀 바람도, 구름인 척하던 솜사탕도, 모두 극장을 빠져나와 집으로 향했다. 이제는 정말 당신과 나 둘뿐이다. 나는 이 현실이 믿고 싶지 않아 얼굴을 감싸고 부정한다. 내 손에 돋아난 가시 같은 따가움이 살갗에 촘촘히 박힌다. 그대 손등 위는 빨갛게 부풀어 올라 이미 나의 것이 아니었다. 이미 그대 또한 나의 것이 아닌 걸로 판명 난 것이다. 내 손은 가시 손이라 까끌까끌한 미뢰가 세포 사이에 모여 있다. 손으로 닿을 수 없다면 사랑은 알 수 없다.

그렁그렁 맺힌 바다 하나를 미간 사이에서 훔친다. 양손으로 얼굴을 닦아낼 때마다 눈물처럼 말캉한 가시가 박힌다. 무엇도 손에 쥘 수 없는 남자가 꿈에서 깨고도 현실로 돌아가지 않고 있다. 그저 꿈속에서 또 다른 꿈을 기다리고 있다는 듯이 계속해서 장막이 쳐진 커튼 사이로 캄캄한 배경이 걷히기만을 기다린다. 관객이 다 빠져나간 무대를 홀로이 지키고 서 있는 자가 제자리에서 혼신의 힘을 다해 슬픈 연기를 펼친다. 그의 양손에는 가시가 팔처럼 돋아나 있다. 공연은 연극이 아니라 서커스였다. 무대극의 제목은 '가시 손을 지닌 남자의 우스꽝스러운 발악'이었다.

○

텅 빈 지갑

수중에 돈이 한 푼도 없는 순간에는 말이지. 한없이 자상하기 그지없던 남자도 전혀 마음에 없는 사람이 되곤 하네. 남자의 사랑법에는 여러 가지가 있는데, 자신의 사랑을 관철코자 불도저처럼 들이미는 자가 있는가 하면, 상대를 너무 사랑해서 자신이 폐허가 되는 길을 마다치 않는 이도 있는 법이야. 황폐해진 영혼을 이끄는 빈 그림자가 되어서 말이야. 당신과 보았던 거리를 배회하며 평생을 사는 이가 있어. 그렇게 여자 쪽에서 지쳐서 먼저 떨어져 나가게끔 하려고, 자신의 선택에 평생 후회할 게 뻔하면서 자기 딴에는 부단히 노력하는 거야.

사랑을 시작한 건 나지만, 사랑을 지속하는 건 언제나 현실이었다는 걸 뒤늦게 깨달은 거지. 서로의 사랑을 허락받는 건 양가의 부모에게서가 아니었어. 서로의 신뢰에서도 물론 아니었지. 사랑을 언제까지 이어갈 수 있는지 결정하는 건 우리의 현실이 얼마큼 물렁해져 있느냐에 달려 있던 걸세. 얼마큼 현실을 자기 마음대로 주무를 수 있는지가 사랑의 표약이었던거야.

당신의 사랑은 무슨 모양이던가? 핑크 뮬리 숲 한가운데였던가, 억새풀이 휘날리는 하얀 구름 사이였던가? 자신이 원하는 곳을 선택할 수 있다는 건 오직 현실의 허락이 있어야만 가능한 일 아니겠나. 그것이야말로 진정한 사랑의 이유가 되기도 한다네.

사람과 사람 사이의 마음보다 더 중요한 것은 없네만, 지갑을 주머니에 숨겨서 시작할 수 있는 사랑은 없네. 태어나지 못한 꽃씨처럼 땅속에서만 계속 자라고 있을 뿐이지. 이제 알겠나? 무능한 그가 왜 당신과 헤어지려 한 지를? 운명 같은 사랑은 빗나가기 마련이지만 운명은 사랑이라는 것을 직시한 자만은 모든 것을 뛰어넘을 수 있는 모양이야. 그는 나약해서 운명이라는 단어만 보면 눈물을 찔찔 흘리기 바쁘더군. 어느덧 판자를 덧댄 그의 천장에서는 비가 새록거리겠지만 마음만은 행복할걸세. 당신만이라도 불행에게서 멀어졌으니 다행이야.

피처럼 몽글한 것이, 눈물도 아니고 슬픔도 아닌 것이, 무어라 이름 붙이기 곤란한 것이 그에게는 잔뜩 있었네. 이제 와 하는 소리지만 그의 손을 잡아줘서 고마웠네. 죽어야 하는 수많은 이유 속에서 살아야 하는 이유는 계속해서 그에게 말을 걸어주는 타인뿐이었으니까 말이야. 당신이 있었기에 그는 지옥 밑바닥 같은 삶에서도 죽지 않을 수 있었던 거야. 나를 찾아와 울면서 했던 그의 마지막 말이 어떤 심정이었을지, 얼마나 비참했을지는 자네도 이제 어림짐작이 될 거라 생각하네.

아 참, 그의 핏속에는 보석함이 들어있던 걸로 기억하네. 자신의 심장을 후벼 파서라도 깊은 보석함에 숨겨진 열쇠를 찾으려 했지만, 결국 포기한 모양이야. 아직 당신 앞에 나타나지 않을 걸 보면 말이야. 하지만 그가 자신을 여는 열쇠를 찾게 된다면, 그때가 너무 늦지 않은 순간이 되길 바랄 뿐이네. 그는 앞으로도 평생 자네에게만 가는 길을 걸어가는 바보 아니겠나. 그런 바보 같은 자를 믿었기에 당신 같은 겁쟁이가 마음을 열어준 것 아니겠나. 그러고 보니 둘이 참 바보처럼 서로 닮았구먼. 부디 행복하시게나. 서로가 아니라면 각자를 위해서라도. 각자가 따로 서서 서로를 위하지 말고. 이 노인이 하는 말을 무시하지 말고 꼭 새겨듣길 바라네.

○

잉걸불
────────────────────

사랑이 잉걸불이 되어서는 안 되는 것이었다. 활짝 피어 이글거리던 숯불이 자네의 웃음 짓던 진짜 모습인 줄로만 알았다. 불길마저 사그라들어 연기조차 내지 않던 불도 잉걸불이라고 부른다는 것은 절대 알지 말았어야 할 또 다른 뜻에 불과했다.

나라는 사람이 이 땅 위에 흘릴 피가 더는 남아 있지 않아서, 내 영혼이 순결한 침을 대신 뱉기로 하였다. 내 영혼의 손목을 마구 베어내서 글을 써야만 하는 현실이 나는 절망스러웠던 것이다. 왜 나는 술을 마셔야만 하는가. 역시나 나를 엄습해 오는 망령들. 보이지 않는 설움. 저주. 아아, 생애의 죄악. 내 영혼의 손목을 마구 베어내서 흘린 피로 적어나간 절망록. 계속해서 글이 쓰고 싶다. 쓰지 않으면 반드시 죽어야 하니까, 이제는 글을 써야지만이 숨을 쉴 수 있다.

살려고 하면, 반드시 써내야 한다. 나는 가장 끔찍한 질병에 걸리고 말았다.

당신 흐느끼던 소리. 당신 흐느끼는 소리가 내 가슴을 저밀었다. 내 아픈 심장에 영원히 지워지지 않을 잔상으로 남았다. 나는 여전히 괴롭다. 아무리 돌을 던져도 당신 흐느낌이 파동으로 전해지던 잔잔한 물결이 흐트러지지 않는다. 흐느낌의 비수가 내 안을 타고 흐른다. 슬픔이 휘몰아친다. 소용돌이는 끝나지 않을 밤만을 보내기 위해 내 곁을 찾아왔다. 당신 흐느끼던 날, 단단한 땅이 물컹해지고, 드넓은 하늘이 구겨져서, 고개를 들 얼굴이 있다는 게 죄스러웠다. 영원히 잊히지 않는 그날의 기억이 절망스럽다. 당신 흐느끼던 날, 구슬피 울던, 한 여인의 선율은, 내 가슴을 메이고 미어지게 해서, 살아 있음을 그토록 원망케 했다. 아아, 산다는 것이 이토록 아플 줄이야, 나는 깊은 동굴 안에서, 처음 맞이하는 태양을 보는 것처럼 결국 두 눈이 멀고 만다.

비극이다. 살아 있다는 건, 죽음을 향해 맹렬히 돌진하는 불나방이 인간화한 것에 지나지 않는다. 현명한 자는 고개를 든 순서대로 목이 잘려나갔다. 젠장, 나는 어찌해야 하는가. 정녕코 나는 어찌 살면 좋은가. 지옥 속을 서슴없이 파헤치며 길을 잃어야만 하는가! 영원히 끝나지 않을 내 슬픔의 강에 빠져 죽을 수 없는 익사에 고통만 받아야 하는가!

어찌해야만 하는가. 죽어야 하는가, 살아야만 하는가. 젠장. 젠장. 고민만 하다가 쏜살같이 죽음에 빨려 들어가겠군.

○

누구를 위하여

글을 울리나

여기, 무명의 저자가 있다. 아무도 거들떠보지 않는, 소
시민적 행태를 일삼고서, 자신을 가면으로 꾸미는 간악한
자로 밖에 보이지 않는 자다. 악인은 누구를 위하여 글을 울
리는가. 나를 닮아 흐느끼는 당신 처연한 뒷모습이 꼭 세상
을 등지고 펑펑 울어버리고 싶었던 나를 닮았다. 당신 왜 울
지 않아도, 내게 말을 거는 선율마다 자꾸만 내 눈물의 가락
을 퉁기는가. 예보도 없이 내리는 소나기처럼, 당신이 상처
받을 각오를 하고 내게 용기 내어 말을 걸어올 때마다, 내
심장의 가락이 더는 영혼의 선율을 연주할 자신이 없어 줄
줄이 끊긴다. 당신 상처가 고백으로 와닿을 때, 그대 어찌
아무것도 못 되는 나를 그만큼 믿고 신뢰했는가. 나는 어찌
해야 하는가. 결국, 당신을 위한 글을 쓰는 건 내 선택이 아
닌 운명이 될 이야기였다. 내 모든 이야기는, 나를 닮아 구

슬피 우는 당신을 결코 외면할 수 없기에 세상에 울리는 눈물이다. 비련이 심장을 삼키는 운율을 따라서, 당신과 글자마다 흐느낀다. 어찌하여 당신은 알수록 더 많은 슬픔에 가슴이 물들어 있던가. 당신은 그토록 아픈 것들을 어찌 표현 없이 안고서 티 내지 않을 수 있었던가.

내가 당신을 좋아하는 이유는 언제나 나를 닮아 있기 때문이었다. 상처받는 게 두렵지만, 그럼에도 끊임없이 세상을 향해 좁아진 마음의 문을 용기 내어 열었다 닫는, 당신 흐느끼는 소리가 내 영혼의 선율로 튕겨져 온다. 그대, 이제 걱정하지 않아도 좋으련만. 아픈 만큼 행복하다는 건, 길어진 밤만큼 태양이 더 밝아온다는 걸 뜻하니까. 나를 닮아 폐쇄적인 당신이, 울지 않고서 웃으며 오열할 때, 아아, 나 그럴 때마다 당신 상처받은 영혼의 손을 붙잡고 함께 산들바람 부는 곳으로 나아가리라. 당신 안에 가장 빛나는 태양이 있다. 스스로 희망을 꺼버리지 않으면, 절대 빛은 멈추지 않는다. 내 말을 꼭 기억해 주오. 당신. 힘들면 뒤에서 안간힘을 다해 버텨줄 내가, 앞에서 대신 화살을 맞아줄 내가, 당신 손을 꼭 잡아줄 테니까.

◦

도도함과 고고함

　모두가 도도한 척, 자신을 뽐내려 할 때 당신만은 고고한 사람이었으니까. 도도한 사람이야 세고 넘쳤지만, 고고한 사람은 오직 당신뿐이었지. 모두가 스스로는 남들과 다르다 며 쉽사리 타인을 경시하고 약해 보이는 이를 깔아뭉갠 대 가로 자신을 우뚝 세우려고 할 때, 오직 당신만큼은 상처 주 는 세상이 싫어서, 누구에게도 슬픔을 전해주는 대가로 자 신의 행복을 챙기지 않았지. 자기 잇속을 못 챙기면 바보 소 리 듣는 요즘 세상에, 당신은 상처받을 일을 각오하고서, 누 구에게도 자신의 슬픔을 전가하지 않았어. 고고한 당신은 밤하늘의 별이었던가. 눈물로 반짝이는 자신을 뒤로하고, 타인과 함께하려는 당신은, 고고한 척하는 가면들 사이에서 유일하게 빛나던 여인의 얼굴을 하고 있었지. 상처 주는 게 싫어, 너무 많은 상처를 받아들여야만 했던 당신. 스스로 움

츠러들 때마다, 밝게 웃는 미소 뒤로, 사실은 살아 있어도, 산 게 아니고, 죽은 게 아닌 삶이었다며 용기 내 고백했을 때는, 우리. 마냥 행복해지고 싶었지. 백억의 돈도 필요 없이, 그저 하늘을 날고 싶었지. 그저 하늘을 날고만 싶었지.

당신과 나, 눈물을 참아내고선 아무도 올려보지 않던 하늘만을 닮고 싶었지.

두 번째 이야기

○
○
○
○

○
○
○
○

일렁이는 태양 아래
홀로이 나

○

불행을 동경하는 축복

은박지에 쌓인 소박한 눈 한 접시가 묻는다. 불행은 사모할 수 있는 사랑일까요. 거리를 유랑하는 바람이 비에게 말한다. 키킥 분명 너에게 하는 소리야 저건, 진흙탕에서 춤추기를 멈추지 않던 엉겅퀴가 바닷비의 부름에 그만 절망의 우물에서 익사하기를 멈춘다. 그가 말한다. 모두 숨죽이고 경청하자.

"불행을 동경할 수 있는 건 축복입니다. 불행의 그림자 앞에 설 때면 언제나 돌아 나올 길이 있기 때문입니다. 하지만 불행의 안쪽에 숨어있던 절망이 불쑥 튀어나와 내게 입을 맞추는 순간, 그때부터 헤어 나올 수 없는 사랑이 시작됩니다. 죽어서조차 벗어날 수 없는 생애의 늪에서 영원히 허우적대다가, 이름도 정체도 알 수 없는 최후와 입맞춤하기 전까진, 고통의 박자에 맞춰 종이 인형처럼 춤을 춰야겠죠."

하얀 눈은 추운 겨울에도 불행을 사랑할 수 없다는 사실에 녹아내린다. 하지만 단 한 번도 행복을 바란 적이 없던가요. 그대, 절망이 빛나는 순간 말고 행복을요. 은박지에 하얀 눈이 구슬피 운다. 그러자 투명한 구슬이 땅에 스며든다. 엉겅퀴는 계속 대답을 이어간다.

"태양은 빛이 나 눈이 부시다는 핑계로 그 얼굴을 쳐다보지 못했습니다. 그러니 단 한 번도 행복을 바라본 적이 없다고 해야겠지요. 그렇다고 빛나지 않는 달을 바란 적이 있던가요. 태양이 떠 있을 때조차도 나는 항상 그 자리를 지키며 서 있던 달을 찾지 않았습니다. 그러니 태양이 사라지고 난 뒤에 뜬 아름다운 밤의 달을 바라봤다고 해서 행복을 바랄 수는 없었습니다. 눈에 보이지 않는 사랑과 기쁨이 분명 존재한다는 건 압니다. 허나 이 모든 인간의 행복으로 뭉뚱그려지는 것이 태양처럼 눈이 부셔, 나는 단 한 번도 마주한 적이 없습니다. 단 한 순간도 행복을 바라지 않은 적이 없지만, 단 한 번도 행복을 정면에서 바라본 적이 없습니다. 나는 절망합니다."

대답을 마친 엉겅퀴는 계속해서 절망의 늪에 들어가 숨을 참았다 마시기를 반복한다. 마치 끝나지 않는 슬픔에 갇힌 무고한 영혼이 살려달라고 아우성치듯이. 거리마다 슬픔이 우거진 숲이 들어선다. 도시의 전경에는 가로등마다 눈물이 맺혔다. 후회해도 늦었다.

엉겅퀴는 이제 죽어야만 한다.

보잘것없는

청춘

나는 유약하고 보잘것없는 청춘이라 더는 살아야 할 이유를 찾지 못했습니다. 거리에는 수많은 사람이 저마다의 목적과 꿈을 찾기 위해 분주히 돌아다니지만 나를 위한 거리에는 그 어디에도 없어서 나는 늘 제자리에 서 있는 빈 섬이 돼야 했습니다. 가난은 언제나 삶을 조롱했고 그러한 삶은 내게 끝냄을 종용했습니다.

사느니 차라리 죽는 게 세상의 이치에 들어맞다. 죽어야만 진정으로 긴 숨을 턱 하고 몰아쉬곤 떳떳하게 살 수 있는 모순적인 생애. 이것이 내가 차마 살아오지 못하고 대신 절벽 끝에 간신히 매달려 버텨온 30년이라는 삶을 대신하는 단어입니다. 고독해서 죽는 게 아니라 살기 위해서 죽는 것이라고 다시 한번 강조해서 말씀드리고 싶습니다. 정장을 캄캄한 자취방 반지하, 가장 잘 보이는 장롱 손잡이에 걸어

두고, 매끼를 굶으며 쓴 이력서는 거절당하여 구겨지기 일쑤고, 버스를 타고 다음 면접을 보러 갈 차비 1,500원조차 없어 1시간을 넘게 걸어가, 다시 집으로 저벅저벅 슬픔에 적셔진 발자국을 끌어안고 돌아와야 하는, 눈물이 주머니에 돈 대신 가득 차 있지만, 쓸 곳은 어디에도 없어 또다시 빈 섬이 되고야 마는, 아아, 그래서 고독사라는 것은 없습니다.

혼자서 죽더라도 그건 청년 고독사가 아닙니다. 스며든 무거운 향기를 벗겨 내는 목욕을 하고 세상 밖으로 나서는 자유로운 사람이 되는 길 위에 서는 것입니다. 설령 그 길의 끝이 지옥이라 할지라도요. 남에게 피해 주지 않은 생애는 멀고도 험해서 유약하게 태어난 청춘은 항상 수난과 고통을 동반해야만 합니다.

그렇게 끝까지, 끝까지 자기 자신에게 피해만 끼치고 세상을 떠나는 비겁한 생애가 여기 어딘가에 있습니다. 분명.

그의 유서에는 분명 이렇게 적혀 있었습니다.

"이 세상 모든 영혼이여, 부디 아프지 말길. 언젠가 나비가 된다면 어느 작은 무덤가에 앉아 노래하겠어요. 삶은 힘겨웠노라고, 하루는 버거웠노라고, 매일 찾아오는 아침은 감당하기 어려웠노라고, 이야기하는 모든 이들의 곁에 찾아가 가만히 그들의 이야기를 들어주겠어요. 살아야 하는 이유를 찾지 못한 것이 죽어야 하는 이유가 되지는 않으니까요. 언제인지 기억도 나지 않는 순간, 주먹을 꽉 쥐고 반드시 살아가야겠다고 마음먹은 그때를 나는 아직 기억합니까."

○

혈거

나는 비겁한 겁쟁이입니다. 감당하기 어려운 고통이 스멀스멀 그림자 속에서 자라나 점점 그 형상이 구체화 될 때즈음 몸속 깊은 심연에서 당시의 상처를 떠올립니다. 이내 겁에 질린 눈으로 슬금슬금 뒷걸음질 칩니다. 구체화한 고통이 슬그머니 고개를 들어 두리번거리기라도 할 때쯤이면 혹여나 눈이라도 마주칠까, 언제나 전력으로 도망쳐야 했습니다. 나는 비겁한 겁쟁이였습니다. 맞서야 하는 순간에서마저도 이전에 경험했던 고통의 맨 살갗이 나를 옭아매는 게 그토록 두려웠습니다.

마치 불에 대한 겁이 없던 아이가 가스 불에 데고 나서 두 번 다시 부엌에 얼씬거리지 않는 것처럼. 아아, 나는 고통이 두려웠습니다. 도망쳤습니다. 그래요. 나는 혈거인입니다. 동굴에서만 생활하는 원시인처럼, 언제나 뒷걸음질

치고 도망치는 방법으로 나 자신을 보호해야만 했습니다. 새도 아니고 쥐도 아닌 박쥐처럼, 나는 살아서는 인간이 아니고 죽어서는 귀신도 아니게 될, 늘 양가적으로 인간의 편에 서선 죽음을 그리워하고, 죽게 돼선 희로애락의 눈물자욱을 따라 인간을 그리워할, 망령이 될 게 분명합니다.

스스로 항상 고뇌에 빠집니다. 나 같은 것도 정말 살아야 하는지. 살아야 합니까? 정말로 나같이 살 자격이 박탈 난 사람조차 살아도 되는 겁니까? 나는 모르겠습니다. 하지만 그런 나를 끝없이 설득하기 위해 말을 건네는 사람이 있었습니다.

"내 상처는 기억입니다. 지금 내가 감당하고 있는 아픔은 현실입니다. 지금은 고통을 극복하기 위해 눈을 감지 않고서 당신을 직면합니다."

서슴없이 자신의 상처를 공개하고 내게 끊임없이 말을 걸며 민얼굴을 환히 보여주는 사람들. 바로 앞으로 나아가는 자들. 내 눈에는 미카엘의 빛처럼 환상적인 존재로 보일 뿐입니다. 나는 내 고통을 남들 앞에 공개하는 것이 여간 두려운 일이 아닐 수 없습니다. 누군가의 조롱 그리고 비웃음이 나를 또다시 집어삼키면 사람들 사이에서 더는 도망칠 곳조차 이 세상에 남아 있지 않을 거란 생각에 온몸은 이미 오소소 떨려오기 시작해서 사방팔방으로 날뛰는 개구리처럼 정신마저 미쳐버릴 게 분명합니다. 그래요. 살고 싶습니다. 자신의 상처를 당당히 보여주며 햇빛에 소독시키는 사람들에게 바람은 헝겊을 씌어주고 그림자는 담요를 덮어주는 것처럼. 그러한 당신의 고백이 나에게는 신께 바치는 간절한 걸인의 기도가 부자들을 제치고 먼저 이루어지는 장면처럼 늘 황홀합니다.

언젠가 사는 게 너무 고통스러워 글을 쓰기 시작했습니다. 운명이었습니다. 써야 하는 사람은 써야 한다. 쓰지 않을 때의 고통이 쓸 때의 고통보다 크다면 써야 한다. 써서라도 살아남아야 한다. 그러니까 나름의 용기를 내서 내 이야기를 고백하는 건 저 또한 세상 앞에 공개하기 싫은 상처를 들이밀곤 살고 싶다고 손길을 내미는 일이었습니다. 내 손을 잡아달라고 그렇게나 울먹였으면서 감당하기 어려운 고통 앞에서는 늘 비겁하게 도망만을 쳤던 셈입니다. 때로는 내가 쓴 10Pt의 작은 글씨들이 글자 수마다 쿵 쿵 소리를 내며 나를 잡아먹으러 뛰어온 적이 있습니다. 내 시선이 내가 쓴 글에 머물 때, 촘촘하게 박힌 글자들이 자기 자리를 이탈하기 시작합니다. 하나둘씩 내게 달려옵니다. 한없이 울면서, 서럽게 달려옵니다. 나를 원망하기 위해서인지, 그것도 아니라면 안아달라고 하는 것인지, 연유는 알 수 없습니다. 다만 나를 가만히 내버려 두려고 하지 않습니다. 나를 볼 때마다 서럽게 울면서 내게 무작정 달려오려는 내 글자들이 너무 가슴 아파서 더는 숨을 쉬는 일을 견디기 어려웠습니다. 그렇지만 내가 쓴 글에 목이 휘감겨 죽을 수는 없었습니다. 아직까지는 써야 하는 의무.

나는 죽어도 되나 반드시 마쳐야 하는 운명. 그런 글이 한 문장 제게는 남아 있습니다. 그 문장을 다 토해내기 전까지는 죽을 수 없습니다. 내가 살아가는 이유.

'왜 살아가야 하는가. 왜 써야 하는가. 그것은 의무 수행을 위해서'라는 다자이 오사무의 이야기처럼 운명처럼, 펜을 쥐어야 살 수 있는 모순을 쥐고 태어난 자에게는 반드시 써서 마쳐야 할 의무 같은 것이 있기 마련입니다. 이번에도 나는 직면하기 어려운 고통과 얼굴을 마주하는 게 두려워 전력으로 도망쳐야 했습니다. 더는 망령이 내 뒤를 따라오지 않는다는 핑계를 대고 다시 사람들 앞에 빈 섬처럼 등장했습니다. 앞으로 몇 번이나 더 비겁하게 도망칠지 그리고 정면으로 맞설 수 있을지 모르겠습니다. 하지만 내게도 살아가야 하는 이유는 분명해졌습니다. 서른의 나이에 운명처럼 찾아온 반드시 써야만 하는 사명. 그리고 운명처럼 이루어야 하는 한 문장. 이제부터는 도망치지 않을 생각입니다. 두려움과 직면한 채 두 눈을 질끈 감지도 않을 겁니다. 나는 깨달았습니다. 아무도 없는 공간에서 신과 대립해야만 했을 때, 나는 거짓 꾸밈을 하고 연기를 한 간악한 자에 불과했다는 것을. 하지만 더는 진실한 사람이 아니라 할지라도, 스스로에게 써 내려 줄 진실한 이야기를, 반드시 써야만 합니다. 진실한 사람이 아니니까 써 내려갈 수 있는 가장 진실한 이야기를. 슬픔 그리고 아픔. 세상에 대하여. 이게 내 최후의 고백입니다. 당신이시여. 잘 부탁합니다. 내 모든 이야기를 말입니다. 당신만이 내가 살아 있었다는 것을 증명해 줄 유일한 빛이니까요. 나의 씨앗이 사라지지 않도록 계속해서 햇빛을 비춰주시겠나이까. 당신이시여. 그러니까 당신의 또다른 이름.

신이시여.

○

내 유년시절의 목마

강원도 영월. 내가 태어난 이곳은 산세가 수려하고 동강이 흘러 한없이 꼬부라진 길이 장관을 이루는 시골 마을입니다. 그중에서도 덕포리. 내 고향이기도 한 이곳은 봉래산을 끼고 어라연이 흘러 신선이 노니는 듯한 절경을 이룬 곳이죠. 바로 제가 자란 곳입니다. 도시의 아이들이 당시 유행하던 만화 영화의 탑블레이드 팽이를 가지고 놀 때 우리는 산으로 향했습니다. 논밭에 우는 개구리를 향해 돌멩이를 던져 사냥을 하기도 하고 벌집에 돌멩이를 던지다 우연히 맞추기라도 하는 날에는 축구공처럼 군집하여 맹렬한 기세로 날아오는 벌 떼를 피해 전력을 다해 숲 밖으로 도망치곤 하였습니다. 믿을 수 없는 이야기지만, 초등학교 시절 운동장 끄트머리에는 작은 숲이 있었는데 기다란 뱀의 몸통이 신비하게 펼쳐져 있는 마법의 장소와도 같은 곳이었습니다.

마술사들이 은밀하게 지은 듯한 이 숲은 어린아이 혼자 들어가서 탐험심을 기르기에는 안성맞춤인 공간이었습니다. 대략 50m가량 펼쳐진 숲속에 들어가면 수풀이 우거진 좁은 입구부터가 이 세상의 출입구와는 너무나도 이질적인 느낌이었습니다. 마치 다른 세상으로 향하는 비밀통로에 허락 없이 침입한 것만 같은 기분이 들곤 하였습니다.

내가 다닌 중학교에도 초등학교 못지않은 신비한 장소가 있었습니다. 바로 눈이 천 개 달린 공작새가 있던 봉래중학교의 뒤뜰입니다. 저는 코흘리개 시절부터 이 공작새를 보러 종종 제 모교가 될 중학교에 놀러 가곤 하였습니다. 불쑥 나타난 꼬마 아이를 위해 1인 공연을 보여주기라도 하듯, 날개를 활짝 편 공작새의 행위에는 천 개의 눈이 각기 다른 말을 하는 것만 같이 느껴졌습니다. 학교와 담벼락을 두고 서 있는 바로 이웃집에는 외양간이 있었고 소 세 마리가 자리를 지키며 서 있었습니다. 여름철 울려 퍼지는 소똥 냄새와 음매 하고 우는 소리는 늘 휴식 시간을 알리는 종소리처럼 반가웠습니다. 오늘도 소가 팔리지 않았다는 울음소리는 마치 오랜 이웃을 그리워하는 먼 친척의 잘 있다는 안부 소식처럼 늘 내 마음을 편안하게 해 주었습니다. 이처럼 물 맑고 산세가 좋은 강원도에서 자란 것은 제게 큰 자긍심입니다. 그중에서도 영, 평, 정 (강원도에서 가장 낙후된 고장 영월, 평창, 정선 중에서도) 첫 번째로 손꼽히는 영월에서 자란 것은 분명 제겐 슬픈 일만은 아닐 것입니다. 왜냐하면 저의 고향 영월은 제게 한없이 맑은 '동심'을 선사했기 때문입니다.

ㄱ. 밤하늘의 별을 외우다

시골의 아이들만이 가질 수 있는 특별한 능력이 있습니다. 바로 밤하늘의 별을 외우는 것입니다. 오래전 지도가 없던 시절에는 북두칠성이 반짝이는 것만을 보고도 스마트폰이나 GPS 없이 집으로 돌아갈 수 있었다고 합니다. 제 고향은 북두칠성입니다. 산속 깊이 들어가 헤매게 되더라도, 전깃불 하나 없이 캄캄한 세상에 혼자 놓이더라도, 가장 맑은 물을 퍼담는 것만 같이 생긴 국자 모양의 북두칠성을 찾을 수만 있다면야 언제라도 집으로 돌아가는 게 가능하기 때문입니다. 들리는 속설로는 밤하늘의 별을 읽을 수 있는 사람은 지상에서 길을 헤매지 않는다고 합니다. 과연 그런 것 같습니다. 세상 사람들이 더는 네온사인에 눈이 멀기 전에 밤하늘의 별을 읽는 법을 알려주고 싶습니다. 분명 그럴만한 가치가 있습니다. 별들이 하는 이야기를 들을 수 있다는 건 세상에서 가장 아름다운 희망을 속삭일 수 있다는 뜻이니까요.

ㄴ. 숲 속 한가운데에서 돌감자 구이를 해먹다

영월에서 보낸 유년 시절은 집에서 장난감을 가지고 놀거나 아니면 책을 읽으며 사색을 즐기던 도시의 아이들과는 사뭇 달랐다고 할 수 있습니다. 한 날에 우리는 무엇을 하며 놀까 고민하던 찰나, 세탁실 한쪽에 놓여 있는 감자 상자가 빛나고 있는 걸 발견합니다. 섬광처럼 반짝이는 모험이 떠올랐습니다. 고양이처럼 까치발을 든 채 감자 상자에 다가갑니다. 그러곤 아무도 모르게 번개같이 감자 두어 개를 손에 꼭 쥐고 상의 안으로 집어넣습니다. 분명 주머니에 넣었다가는 볼록 튀어나온 게 할머니께 들킬 위험이 있기 때문입니다. 할머니 몰래 옷 안쪽으로 감자 두어 개를 숨겨 넣고 두근거리는 심장으로 머나먼 여정을 떠나기로 한 순간.

나는 의젓한 어른의 모습으로 쿵쾅거리는 가슴을 뒤로한 채 세탁실을 빠져나왔습니다. 곧장 총총걸음으로 걸어서 현관문을 엽니다. 끼이익 하는 소리조차 들리지 않을 정도로 섬세하게 손잡이를 돌려 누구보다 어색하지 않게, 세상 밖까지 탈출하는 데 성공합니다! 무려 감자를 세 개나 손에 쥐고 말이죠. 친구와 함께 동네의 수풀이 우거진 숲으로 향했습니다. 그곳에는 모든 것이 있었습니다. 배가 고플 때는 산딸기를 먹었고 진달래 꽃잎을 따다 꿀벌들과 함께 달콤한 꿀을 쪽 하고 사이 좋게 나누어 먹기도 하였습니다. 던지기 좋은 돌멩이와 물장구치기 좋은 동강 그리고 부러진 나뭇가지가 가득한 덕포리의 시골길이 까불이 꼬마들에게 있어 더할 나위 없는 놀이동산이었던 셈입니다.

울창한 소나무가 햇빛의 따가움을 막아주고 있습니다. 볕이 가장 잘 드는 숲길 한가운데 자리를 잡고 앉습니다. 이곳에서 몰래 들고 나온 감자를 구워 먹기로 결정했습니다. 주변에 널린 돌 중 가장 동그랗고 탑처럼 쌓을 수 있을 것 같은 녀석들로 한 데 집어 모읍니다. 가운데를 비워놓은 형식으로 위로 갈수록 좁아지는 둥근 피라미드 형식의 오븐을 만듭니다. 이제 첫 번째 관문인 요리 기구는 아슬아슬 만들어낸 셈입니다. 본격적으로 요리하기 전에 감자를 노릇노릇하게 익혀줄 숯을 찾아 돌아다녀 봅시다.

이곳은 강원도 영월의 산골, 고개를 둘러 조금만 가

더라도 멧돼지가 출몰하고 '산토끼 토끼야 어디를 가
느냐?' 동요처럼 지금은 찾기 힘든 멧토끼가 수시로 뛰
어다니는 곳입니다. 저는 별 어려움 없이 감자를 굽는
데 여지없이 좋아 보이는 숯덩이 두어 개를 풀밭 사이
에서 발견합니다. 숙련된 모험가의 손길처럼 둥근 피라
미드 오븐 가장 깊숙한 곳을 파내어 숯을 먼저 집어넣
기 시작합니다. 이제 요리를 하기 위한 불과 오븐은 준
비되었습니다. 본격적으로 요리를 시작할 차례가 찾아
왔습니다. 자 돌멩이들 한가운데에 감자를 묻어줍시다.
두근거리는 가슴으로 이때를 위해 몰래 집에서 가져온
라이터에 잘게 부서뜨린 나뭇가지를 장작 삼아 불을 붙
입니다. 감자를 감싼 돌탑 뚜껑을 열고 바닥을 향해 나
뭇가지를 투하합니다. 그렇게 숯을 향해 라이터 불을
치지직 거리길 몇 차례. 어느샌가 연기가 모락모락 나
는 것이 마치 제대로 된 감자 요리를 알리는 첫 신호탄
이 쏘아 올려진 것만 같습니다.

　　손부채질을 열심히 휘둘러 숙련된 셰프의 마음으로
돌구이의 연기를 더 만들어 냅니다. 감자가 잘 익는지
아닌지 분간이 가지 않을 때는 수술을 앞둔 외과의사처

럼 비장한 표정으로 고개를 숙여 숯과 눈을 마주친 채로 후 후 바람을 붑니다. 그러면 곧장 벌겋게 심장처럼 뛰는 숯의 박동을 두 눈으로 확인할 수 있었습니다. 어느덧 나의 노력이 빛을 발한 걸까요, 빨갛게 부풀어 오르는 눈송이 같은 불점들이 뭉실뭉실 연기와 함께 피어오르고 있습니다. 분명 감자가 잘 익어간다는 증거입니다. 더는 바람을 불지도, 숯에 불이 잘 붙어 있는지도 확인할 필요가 없습니다. 요리가 완성될 때까지 자유를 만끽할 차례입니다. '고급 요리를 하는 셰프는 이런 기분이겠군.' 혼자 고개를 끄덕이며 요리사의 고뇌에 공감했습니다. 시간 가는 줄 모르고 휘파람을 불며 들판에 누워 산들거리는 나뭇가지에 취해있을 때 즈음이었습니다. 해는 어느새 뉘엿뉘엿 지나 한산한 오후가 되어갑니다. 이제 감자를 꺼내 먹기로 합니다.

혹여나 손이라도 델까 조심스레 손바닥만 한 돌덩이들을 하나씩 진중한 얼굴로 옮기기 시작합니다. 그 안에 숯덩이가 시커멓게 묻은 뜨거운 감자가 덩그러니 놓여 있는 걸 발견합니다. 아니 이게 웬걸! 뜨겁기만 하지 감자의 속살이 전혀 말랑하지 않습니다. 마치 처음 집에서 가져온 그 모습 그대로에 검은 연기만 그을린 것처럼. 양손으로 들어 한 입 물어보지만, 너무 딱딱해 도저히 입안에서 우물거릴 수 없는 상태입니다. 첫 야외에서의 요리인 만큼 온갖 정성을 다해 바쳤건만 결국 실패로 돌아간 돌무더기 속 감자구이.

지금도 그때를 생각하면 웃음이 나곤 합니다. 감자를 잘 감싸줄 수 있는 돌들을 집어 모아 그 안에 열기를 전해 줄 숯과 나뭇가지들. 그 속에 감자를 넣고 불을 붙여 후 후 불어가며 요리를 했던 내 유년 시절의 목마들. 이제는 인터넷에서 클릭 몇 번이면 탈피한 생감자가 집 앞까지 도착하고 에어프라이어 하나면 감자 튀김 정도는 쉽게 해먹을 수 있는 편리함이 코끝에 당도한 세상이지만 때때로 저는 감자를 굽던 그때의 시절이 불현듯 생각나곤 합니다.

ㄷ. 이제는 기억 속에서만 걸어갈 수 있는 추억들

시간이 더 지나서 고등학생이 되었을 때였습니다. 여전히 고기를 구워 먹을 때면 산으로 향했습니다. 자연 그대로였습니다. 동네의 마트에서 쌈용 채소를 사오는 것이 아니었습니다. 산이 곧 집이고 집이 곧 산인 우리 동네에서는 어느 적당한 마당에 어느 언덕 한쪽에는 반드시 자연산 쌈이 나풀거리고 있다는 것을 보지 않아도 직감으로 알 수 있었습니다. 마치 밤하늘의 별을 읽을 수 있는 사람이 지상에서 길을 잃지 않는 것과 같은 이치라고 할까요. 적당히 자리를 털고 일어나 왠지 이곳이다 싶은 곳에 가서 자세히 바라보면 도랑 사이에 핀 온갖 나물과 야생 그대로의 곰취가 널려있습니다. 쌈을 싸 먹을 만큼의 곰취를 마트용 상추 대신 뜯어와 그대로 툴툴 털어 내고는 흐르는 냇가에 몇 번 휘적이고 이내 한 점씩 고기에 싸서 입에 넣습니다. 농약도 치지 않고 자란, 자연이 주인인 곰취는 입 안에서 산삼처럼 진한 향을 품었습니다.

강원도 영월에서의 내 유년 시절은 그러하였습니다.

부모님께서 포도 농사를 짓던 친구는 포도 철만 되면 친구들에게 포도즙을 나눠주었고 학교 바로 옆에서는 소가 "음매~"하며 정겹게 울어주던 곳. 밤이 되면 깊은 산골에 반딧불들이 모두 별이 되기로 약속하고 하늘로 올라갔는지 내 두 눈에는 다 들어오지도 않을 만큼의 별이 꽉 찬 밤하늘 은하수.

다음에는 이 글을 읽는 당신과 다시 한번 더 집에서 들고 나온 감자를 가지고 어느 볕이 잘 드는 숲 한가운데에 앉아 쉬고 싶습니다. 돌멩이들을 주워 모아 탑처럼 쌓은 후 인생이 익어가는 대로 감자도 익혀가고 싶습니다. 감자처럼 익어가는 인생을 도란도란 이야기하며 속이 잘 익은 감자를 한 움큼 베어 물고는 씩 웃고만 싶습니다.

내 어린 시절 추억의 목마를 탔던 그때처럼.

○
눈물이 툭
___

눈물이 툭, 소리 없이 떨어졌다.

마치 일기 예보에도 없던 비가 후두둑 쏟아지듯이,

슬픔이 나 몰래 우리 집까지 찾아왔다.

비에 젖은 남녀노소 모두가 문을 열라고,

나의 가슴을 마구 두드리며 소리친다.

"거기 누구 없어요?"

나는 고개를 내밀어 대답하는 대신 잽싸게 거실의 불을 끄고

아무도 없는 척 어둠 속으로 몸을 숨긴다.

내 눈동자의 안광이 비췄다는 일이 사람들에게는

죄명이 될까 싶어 두 눈을 질끈 감아버린다.

내가 만든 세상 속으로 떨어진다.

외면하고 고개를 들지 않는다.

눈물이 툭, 하고 예고 없이 떨어질 때 살아가는 방법.

○

괜찮아

실컷 울으렴

그러니까 괜찮다고. 아픈 건 익숙해지니까, 울 수 있을 때 실컷 울어 놓으라고.

어른이 된다는 건, 고통을 참아내는 일이니까.

더는 울지 않아도 된다는 말이 아니라고 해도, 울 수 있을 때 실컷 울어 놓으라고.

어른이 되어서도, 울 수밖에 없는 날이 오니까.

그날만큼은 나도 어린아이가 되는 거라 해도, 상관없다고.

온갖 설움 뚝 뚝 떨어져도 떨어지는 슬픔 이겨낼 만큼, 주먹을 꽉 쥐어서 이겨내라고.

하늘도 차마 고개 돌리게 할 만큼 슬픈 아픔이어도, 너는 혼자가 아니라고.

그러니까 괜찮다고. 울 수 있을 때 실컷 울어 놓으라고.

고통은 참을수록 눈물 되어, 나를 어린아이로 돌려놓는다고
해도,

딱 그만큼만 어른과 어린아이로 살 수 있다고.

인간혐오

아아, 저는 정말이지 인간이 너무 혐오스러워 견딜 수 없습니다. 그건 분명 비명이었습니다. 한 여인이 울부짖는 걸 똑똑히 들었다고요. 그러니까 잘 들어보십시오. 내가 자살을 하려고 공기 속에서 막 숨을 참을 때였습니다. 이제 막 산소의 거품 방울들이 점점 터지며 숨이 끊어지려던 찰나, 한 여인이 다급한 목소리로 나를 찾아왔습니다.

"거기 누구 계세요? 나의 마음을 알아주는 이는 당신뿐이에요."라며 다짜고짜 인사도 없이 나에게 자신의 상처를 선뜻 내보입니다. 마치 너와 나는 이 인간 세상에서 남들과는 다르고 우리 둘만은 같은 종족이라도 된다는 듯이, 간절한 눈빛으로 내게 애원합니다. 오래전 헤어졌다 다시 만나는 남매라도 된다는 듯이, 내게 살려달라, 도와달라는 말을 전혀 부끄럼 없이 말합니다. 그녀는 서슴없이 손목에 칼로 마구 벤 8차선 고속도로보다 깊고 날카로운 상처를 내밀며 울먹이고는, 아침부터 저녁까지 살아내는 시간을 견디는 게 너무 고통스러웠어요. 당신도 그랬었나요? 당신도 그랬었나요. 울먹이는 목소리로 내게 사랑한다고, 보고 싶다고. 칼에 깊게 베인 상처보다 영혼의 피를 더 많이 흘린 사람만이 뱉을 수 있는 말을 드잡이 싸움꾼처럼 마구 해대는 것이었습니다.

분명 그녀는 입이 아닌 영혼으로 말을 하는 게 분명합니다. 그때 내가 본 그녀의 흉터는 아주 천박하기 짝이 없었습니다. 그게 증거입니다. 나는 분명히 기억합니다. 낙서처럼 지저분한 손목의 상처 위로 그녀가 지닌 얼굴은 한 번도 상처받지 않은 깨끗한 사과를 닮아 있었습니다. 어쩌면 순박하기에 고개를 살짝만 비틀어도 천박해질 수 있는 비밀을 그녀는 일찌감치 깨닫고 보물처럼 간직한 것인지도 모르겠습니다. 아니면 자신을 혐오하고 자해하는 것이 습관이 된 걸까요? 사랑을 갈구하기에 그보다 더 좋은, 애절한 방법은 없으니까요. 어떤 선택이 되었든 그녀는 사람을 잘못 찾아온 게 분명합니다. 나는 타인 앞에서 항상 비겁한 겁쟁이였습니다. 말을 해야 하는 순간에서마저도 늘 도망만을 일삼던 나는, 귀신이 되어서조차 나를 사랑하겠다는 사람과 자기 자신보다 나를 더 아끼고 사랑해준 사랑 모두에게 버림

받은 자입니다. 그런 몹쓸 제가, 천박한데다 순박하고, 사랑을 갈구하고 있다는 이유 하나만으로 그녀에게서 나의 얼굴을 투영합니다. 아아, 이제는 어쩔 수 없습니다.

나는 그녀를 도와주기로 마음먹었습니다. 이건 정말이지 내 인생에서 가장 후회되는 결정이었습니다. 들어보십시오. 저주받은 영혼은 결단코 사람들과 섞여서는 안 됩니다. 그녀를, 그녀를 보십시오. 독한 소주를 세제에 섞어 마시고는 죽어가는 모습을 일부러 공개하고 있습니다. 새벽이 되면 울부짖으며 높은 난간에 매달려 내게 전화를 합니다. 자유로운 영혼. 그녀가 갈구하던 것은 새처럼 나는 장면이었습니다. 허나 인간은 날 수 없다. 나는 거짓된 말로 그녀를 현혹하고 취약한 여인 곁에 찝쩍여서 바지춤을 푸는 그런 역겨운 인간이 아닙니다. 거짓말을 해야 했습니다.

"자신을 믿고 스스로를 사랑하라. 술을 마시는 건 스스로 바보가 되는 일이다. 이 세상은 고통이라는 이름이 진짜 이름이고 세상이라는 이름은 지옥에서 붙인 거짓말에 불과하다. 현실을 인정하고 받아들여라. 아직은 무너지고 비참히 쓰러져도 된다. 지금이라도 일어설 수 있다면 남들보다 늦은 게 아니라 오히려 시련과 난관이라는 예방 주사를 맞고 출발대 위에 서는 더 빠른 출발이 되기도 한다. 희망을 품어라. 그리고 계속 걸어가라. 나아가라. 자그마한 상처조차 누군가에게는 하루를 견뎌내는 의지와 용기로 벌어진 욱신거림일 뿐이다. 그는 고통을 약으로 삼아 나아간다. 허나 나약한 자에게는 자그마한 상처조차 내가 술을 마셔야 하는 비참한 이유가 된다. 그에게는 작은 생채기조차 패배를 스스로 이해해야 할 변명에 불과한 삶으로 흘러간다."

나는 죽어가는 그녀의 영혼을 위해 거리낌 없이 내 영혼의 손목을 잘라내서 아아, 내 피를, 내 영혼의 피를, 그녀에게 수혈했습니다. 이제 나는 죽어가고 그녀는 살아납니다. 그녀는 하늘을 날 수 있습니다. 인간은 새가 될 수 있었습니다. 분명 그건 사실입니다. 그녀는 다시 자신을 사랑이라는 이름으로 가두고 상처를 준, 그러니까 내게 저주를 퍼붓던 그 남자에게로 스스로 돌아갑니다. 그녀는 분명 내게 말했습니다. 그는 사랑이 아니고 다만 괴기스러운 저주였다고. 제발 나를 믿어줘. 너와 같은 종족, 너와 오랜 남매 같은 나의 말을 믿어줘. 나를 버리지 마. 제발. 아아, 나는 그녀의 거짓말을 믿었습니다. 저는 그녀에게 속은 것이 아닙니다. 나 또한 악의 구렁텅이 속으로 스스로 걸어갔습니다. 그녀와 나는 정말로 같은 종족, 오랜 남매였던 셈입니다. 나조차도 나에게 속았습니다. 기껏 죽음에서 건진, 가냘픈 영혼이 다시 지옥의 구렁텅이 안으로 스스로 걸어간 것처럼, 나는 분명 안돼하고 소리쳤지만 이미 상처를 치유한 사람에게 나

따위 저주받은 영혼은 더 이상 같은 종족도, 인간으로도 보이지 않습니다.

아아, 그녀는 정녕 모르는 게 있습니다. 몸소 경험하지 않으면 절대 깨달을 수 없는 진실이 이 지옥 사이에는 숨어 있다는 것을. 그녀는 이제 두 번째 시련을 향해 나아가고 있습니다. 한 번이라도 내게 등을 보인 사람은 언제라도 다시 등을 보일 기회만을 호시탐탐 노리고 있다는 사실. 모두가 쉬쉬하며 못 본 척하지만 슬픈 얼굴을 한 지옥이 분명히 존재한다는 사실을 말입니다. 내게 쓸쓸히 배신을 가한 사람은 앞으로 또다시 나를 배신할 것이고 내게 욕을 하고 주먹을 휘두른 사람은 언젠가 같은 기회가 다시 찾아오기만을 손꼽아 기다리고 있다는 아픈 현실을, 그녀가 받아들이고 인정하기까지는 꽤 오랜 시간을 고통의 피안길에서 헤매야 답을 찾을 수 있을 것입니다. 언제 다시 그녀의 영혼이 비참하게 피를 흘리며 쓰러질지 모릅니다. 그녀는 그런 불확실한 세계 속으로 두 발로 걸어 자신의 의지로 다시 들어갑니다.

아아, 나는 후회합니다. 절망합니다. 하지만 늦었습니다. 자신이 죽어가는 이유 속으로 살아나자마자 다시 빨려 들어가는 사람. 나는 살아간다는 것이 어찌 이다지도 모순적이고 역겨운 것인지 차마 알 수 없습니다. 인간이 너무 혐오스러워 견딜 수 없습니다. 나조차도 그러한 인간의 부류에 속한다는 사실에 구역질이 나서 고개를 벽에 처박으며 인간이 아니기만을 염원합니다. 아무리 벽에 이마를 처박아도 피는 한 방울 나지 않지만 계속해서 벽에 이마만을 처박으며 인간의 괴로움을 피 한 방울 없이 잊으려 합니다. 나조차도 고통에 몸부림치면서 고통을 외면하고 있습니다. 내 영혼이 고개를 치켜들고 나를 원망하기 시작합니다. 자신의 피로 수혈한 사람이 천국이 아닌 지옥으로 향하는 걸 보고 분노합니다, 원망합니다, 저주합니다. 아아, 내 결말은 늘 이렇습니다. 나는 살 수도 죽을 수도 없는 인간인 게 분명합니다. 계속해서 공기 속에서 익사하기 위해 숨을 들이마시고 참아내는 수밖에 없습니다. 나는 인간이 아닙니다. 나는 인간이 아닙니다. 계속해서 읊조립니다. 아무래도 정신병. 세상 사람들이 피하고 저주하는 그런 몹쓸 병에 걸린 것 같습니다. 나는 결코 인간이 될 수 없는 운명에 처했습니다.

영혼은 닳아 없어지는 모서리였습니다.

○

함백산 끝자락에
아버지 계십니까

내 아버지 흩뿌려 눈물처럼 흘러간 곳이

함백산 끝자락 바위 옆.

나는 서른의 나이에 아버지가 마지막으로

다녀가신 곳을 알고,

뒤늦게 함백산을 찾았다.

너무 늦게 찾아온 불효자를 부디 용서하소서.

차에서 내려 아버지를 눈물처럼 흩뿌린,

하얀 바위 앞까지 걷는 걸음마다 감춰온 눈물을,

차마 삼켜서 숨겨버릴 수는 없었다.

주섬주섬 종이가방에서 소주, 맥주, 막걸리를 꺼내 들곤,

아버지께 따라드리며 작은 손짓 하나에도,

나는 쉽게 무너진다.

'아버지 생전에 술을 왜 이리 좋아하셨어요.'

'하나뿐인 아들 이제서야 술 한잔 따라드리러 왔습니다.'

'오징어 안주에 술 한잔하시고 서러운 마음 울지 마소서.'

'20대 청춘에 세상을 등진 아버지 너무 가여워서,

나는 어디에서도 소리 내서 울지 않습니다.'

아아,

내 나이 아홉에 세상을 떠난 아버지 원망,

내 차마 안 했겠습니까만은,

이토록 좋은 세상 어찌 그리 한이 많으셨는지요.

아버지 아들 벌써 장성하게 자라 아버지 살아온

나이보다 어느덧 더 많은 세월을 온몸으로

인내하고 말았습니다.

아버지보다 더 많은 인생을 살아온 나는,

너무나도 어린 나이에 가족을 잃어버리고,

살아남기 위해 발버둥 칠대로 친 아버지,

당신이 그동안 고뇌하고 좌절했던 삶의 굴곡.

생각할 때마다 가슴이 너무 아려와서,

불쌍한 우리 아버지.

아버지라 한 번 불러본 적 없는 기억.

한 번 제대로 안아준 기억도 없는 설움.

땅을 치며 통곡해도 어찌할 도리가 없는 것을 잘 압니다.

그저 아무도 볼 수 없는 내 마음의 웅덩이를,

눈물로 가득 채워 넣어 언젠가 바다를 이루는 날이 오면,

그곳에 서서 아버지께 소주 한 잔 따라드리며,

아버지 이제는 울지 마시라고,

이 아들이 눈물을 닦아드리고만 싶습니다.

너무나도 못나게 커버린 지금의 이 아들을 부디,

용서하소서.

모든 일은 핑계로 돌아갔습니다.

하늘 아래에서 고개를 들 자신이 없습니다.

나도 꿈이 있었는데,

아버지가 세상을 등지게 만든 돈이라는 놈에게

복수하고 싶었고,

아버지가 실패한 사랑이라는 놈도 멋지게 성공해서,

알토란같은 아이도 낳아 아버지께 자랑하고 싶었는데,

어찌 이다지도 기억조차 없는 아버지의 인생과,

똑같은 길을 나는 걸어가고 있는지 모르겠습니다.

오늘 한가위 아버지 찾아 함백산 오르는 길에,

내 걸음 뒤로 남긴 구문의 발자국에는,

아버지를 향한 그리움.

너무 불쌍한 우리 아버지 왜 술독에 빠져

살으셔야 했는지,

슬프고 애석한 걸음걸음.

너무 불쌍한 우리 아버지 생각할수록,

내가 남긴 발자국 안에는 눈물에 잠기는,

호수가 들어섭니다.

내 평생 아버지 그리워하고 사랑한대도,

아버지 다시 볼 수 없을 것을 분명히 알지만,

그럼에도 아버지 내가 흘린 눈물이 말라붙어,

다시 하늘로 올라가는 날이 오거든 그때는,

은하수 된 눈물길 따라 아버지 계시는 저편에,

별로 지은 다리를 놓겠습니다.

밤하늘을 펑계 삼아 아버지 다시 만날 수 있거든,

이제는 술 드시지 마시고,

마음은 아프지 마시라고,

꼭 한번 가슴이 미어지도록,

안아드리겠나이다. 꼭.

○

강가에 서서

울기만 했다

도무지 죽을 수가 없어서 강이 흐르는 곳으로 갔다. 아무
도 없는 강가에 서서 서럽게 울었다. 강물에 비친 내 모습이
너무나도 불쌍한 녀석이라서, 나는 그 녀석만을 멍하니 바
라보다가, 그만 양팔로 눈물을 닦아내도, 닦아내도, 바다처
럼 쏟아지는 슬픔을 도저히 감당할 수 없었다. 사는 것은 힘
이 드는가. 살아간다는 것은 얼마나 고통스러운 것인가. 아
니, 이제는 모든 것이 핑계에 불과할 뿐이다. 나에게 사는
것은 죄악이다. 그래서 더 이상 이승에서 스스로 머무는 것
을 용납할 수 없다. 고개를 든다는 것이 부끄럽다. 하루하루
가 나를 좀먹어 가고, 육욕의 본능은 감당키 어렵다. 매일을
살아가지만, 내일도 고통 속에 죽어간다. 나는 지금이라는
순간 위에 서서 과거에 괴로워하고 미래의 다가올 아픔에
몸서리친다. 매일을 살아가야만 하는 열병에 걸린 나는 죽

지 못해 괴롭다. 강가에 비친 그림자는 내가 떠난 이후에도 계속 그 자리에 서서 눈물을 닦아내고 있다. 제발 내게 주어진 시계의 감긴 태엽이 하루빨리 끝나길 기도한다. 금은보화도 필요 없고 쾌락도 무의미한 나의 삶에 어서 빨리 철퇴가 가해져, 내가 원래 있어야 할 자리인 지옥으로 떨어지고 싶다.

사람의 삶은 참으로 가혹한 것이어서 늙은 노모의 손에 이끌려 동네 시골 안과 의원을 찾은 앳된 스무 살 장님 청년의 해맑은 미소처럼 마음이 미어진다. 늙은 어머니는 허리가 다 굽어 앞을 볼 수 없다. 그의 하나뿐인 외아들은 그런 어머니의 손을 붙잡고 오늘도 볼 수 없는 두 눈을 진료받기 위해 안과에 찾아온다. 기적은 과연 존재하는가?

안과 의원의 로비에서 자신의 진료 차례를 기다리는 사람들이 웅성거린다. 그러자 앳된 모습의 장님 청년은 순진무구한 표정으로 웃으며 "어머니 오늘은 안과에 손님이 많나 봐요!" 아무것도 아닌 일에도 즐거워하며 말한다. 이제는 아들을 병원에 직접 데리고 다니기엔 너무나도 늙어버린 어머니는 아무 말이 없다. 고무나무 화단 옆 소파에 앉은 나는 대답 대신 주름진 손으로 아들의 손을 연신 감싸주는 노모의 손길이 가시처럼 따가워서 차마 나의 다음 순번을 기다리지 못하고 밖으로 뛰쳐나갔다.

바깥 날씨는 너무나도 맑고 화창해서 당장에라도 소풍에 가고 싶을 지경이었다. 같은 시간 속 다른 공간에서 누군가는 비통함을 가슴에 안고 터져 나오는 눈물을 꾹 참은 채 장님이 된 아들의 손을 연신 쓰다듬어주는데, 문밖을 열고 나온 세상에서는 모두가 웃고 행복해하며 커피를 마시면서 달콤한 대화를 나눈다. 이 세상에는 꼭 행복해야 할 사람이 불행에 빠지고 벌을 받아 마땅한 인간들이 꾸역꾸역 버티며 산다. 바로 나 같은 놈 말이다. 젠장할. 신이 있다면 부디 나 같은 놈의 두 눈을 뽑아서 가엽고 아픈 사연을 지닌 이들에게 주시길. 심장도 좋고 피와 살도 모조리 다 드리겠으니 내 안에서 뽑아갈 수 있는 것이라면 무엇이든 그들에게 주시길. 부디 나같이 죄악이 많은 인간에게서 죄의 원천이 되는 이 몸을 뼈마디마다 전부 해체하여 모두의 슬픈 사연을 감싸 안아줄 피부가 되게 하소서. 단지 그것이라면 좋다.

더는 욕심인 것 또 한 알고 있다. 행복한 삶도, 물질적 행복도, 육체적 쾌락도, 형체 없이 모래성을 이루는 신기루 앞에서 곧 부서질 낙엽일 뿐이다. 질근질근 밟혀 사라질 흙더미 속에 더는 나 자신을 가두고 싶지 않다.

윤회의 굴레는 쉴 없이 바퀴가 돌아가는데 인간으로서의 생애는 어느 강가 앞에 서서 계속해서 눈물 흘리며 살아갈 따름이다. 영원히 끝나지 않는 삶을 기약하는 것처럼 말이다. 바로 불행이라는 이름으로 흘러가는 모두의 생애처럼, 나는 오늘도 저주받지 않은 척 거짓 꾸밈을 하고 숨을 가쁘게 내쉬며 살아갈 뿐이다.

찔레꽃

우연히 쳐다본 꽃에 그만 울컥하고 가슴이 터져버렸다. 무슨 꽃인고 하고 쳐다보니 찔레꽃이라 한다. 이름처럼 찔릴 대로 찔려 피가 다 빠져나간 꽃일까. 순백의 꽃잎에 노란 꽃봉오리 하나만 머금은 꽃이어서 찔레라는 이름을 달았을까. 이 꽃 사이 벌어진 틈새에는 무슨 향이 퍼지는가. 나는 고개 숙여 하얗고 노란 너의 얼굴을 바라본다. 쑥스러운 너의 미소 속으로 가만히 코를 갖다 대니 '아아 인간의 생애여' 찔레꽃도 여러 번 상처를 입어 찔레꽃이 되었다는 것을 알 수 있었다.

얼마나 많이 찔렸는가 그대는.

사랑하는 가족에게, 이유도 없이 나를 미워하고 싫어하는 자에게, 나는 원하지도, 원치도 않는 상처로, 가슴이 짓이겨졌노라. 그렇게 아파야만 사람은 꽃이 될 수 있는가. 그

래서 순박한 바보들이 되는 꽃이 바로 찔레란 말인가. 지금
도 찔레꽃처럼 살아가는 사람들. 그들에게서만 나는 눈물
나는 찔레 향처럼 찔레꽃에게도 바보같이 어리숙한 이들만
의 눈물 맛이 난다.

　나는 그래서 도저히 이 모든 것들을 감당할 수 없다. 마
음껏 찔러라. 이제는 토해낼 것이라곤 순백의 마음밖에 남
지 않은 나일지어다.

　순백의 피를 토해내고 죽는 것이 어찌 두려울쏘냐.

○

가난이라는 꽃
─────────────────

기나긴 밤이었다. 긴 터널 같은 밤을 뚫고 캄캄한 어둠을 씌운 장막 속에서, 하얀 연기를 모락모락 피워내며, 처음 세상 밖으로 나오기 시작한 것은 꽃이었을까. 아니 그것은 가난이었으리라. 근데 가난이라는 꽃도 이 세상에 있던가. 분명 세상에 존재하지만, 세상 사람들은 기억하지 못하는 꽃. 나는 그런 꽃을 여러분에게 선물하고 싶다. 그러기 위해서는 잠깐 나의 이야기를 할 필요가 있다. 우리 동네에서 차로 1시간 이상 걸리는 아주 먼 곳이었다. 아주 무더운 여름에 나는 생선이 썩어 비린내가 진동하는 생선 공장으로 일을 하러 갔었다. 비좁은 승합차에 열댓 명이 올라타 세 치 혀만큼의 공간을 충분히 덜컹거리며 길을 왔다고 생각했을 때 즈음, 차는 서서히 시동을 멈추기 시작했다.

현장에 도착하자마자 적응할 새도 없이 나를 반겨주는

건 아이스박스 안에 꽁꽁 얼어버린 생선이 그만 녹아 버리거나 무더운 햇빛에 상해서 뿜어져 나오던 온갖 악취들이었다. 나는 2톤 차량에 그런 생선들을 가득 싣고, 쓸 수 있는 생선과 가치가 없는 생선을 분류해서 담는 일을 하였다. 지독한 냄새로 가득 찬 무거운 생선 상자들을 오전부터 저녁까지 들고 나르기를 반복한 채, 고된 노동 끝에 보상으로 11만 원이라는 현금을 손에 꾹 거머쥐게 되었지만, 오히려 큰 근심에 빠지고야 만다.

'이런 비린내 나는 옷을 입고 시내버스에 오를 수 있을까?'

'사람들이 코를 움켜잡고 싫어하지는 않을까?'

'이곳에서 집까지는 차로도 1시간 이상 걸려 도저히 걸어서는 갈 수는 없는 거리인데 어떡해야 할까?'

'길을 걷다 보면 내 몸에서 나는 악취 때문에 사람들이 불편해 하며 피하지는 않을까?'

그때 나는 고된 노동 끝에서도 나를 걱정하기보다는 남을 먼저 걱정하였다. 그것은 도대체 왜일까? 무엇 때문이었을까? 빨아도 빨아도 절대 지워지지 않던 생선 비린내. 삶의 현장에서 살아남기 위해 흘린 파도처럼 세찬 소금들. 그럼에도 늘 둥근 태양처럼 밝게 살기만을 원했던, 가난 위의 집을 지은 희망이라는 녀석과 나.

나조차도 끝을 알 수 없는 절망과 긴 긴 밤 속에서 뜨거운 열기로 하얀 연기를 피워내며 집에 도착한 적이 있다. 지금 다시 생각해 보건대 그때 머나먼 길을 돌고 돌아 집으로 돌아오는 길에, 몸에서 뿜어대던 온갖 땀 냄새와 생선 비린내들.

그것은 가난이었을까.

아니면 가난이라는 꽃이 피워낸 삶이라는 향기였을까.

○

살아가고 싶은 모순

깊은 동굴을 빠져나오면서 신은 죽었습니다. 내가 살아나온 굴곡이 어찌나 컸었는지, 당신은 믿을 수 없을 겁니다. 세상을 이정표대로 걸어온 사람들은 영원히 볼 수 없는 길이었습니다. 책에서 나온 것보다 더 깊은 곳에서 태어나는 사람이 있었습니다. 더는 공공연한 비밀이 아니었습니다. 진물처럼 더러운 상처에서 피어나는 사람이 있다고 하면 믿으시겠습니까? 물론 선생님은 이 세상 안에 사는 사람이니까, 분명 내 말이 미덥지 못할 겁니다. 허나 세상 밖에서 살아온 사람들은 대체로 내 말을 믿습니다. 가장 더러운 진흙탕에서 피어오른 꽃이야말로, 아무도 꺾을 수 없고 또 누구도 쉽사리 쳐다볼 수 없는 꽃이라는 걸 말입니다. 나는 절망이 흩뿌려진 모래 사이로 희망을 다시금 꽃망울처럼 터뜨려보고 싶었습니다. 내 생애 가장 간절했기에 아름다운 꽃. 눈

151

물에서만 잉태하는 꽃을. 그 꽃의 망울이 필 때, 꽃의 가장자리에는 꽃봉오리 대신 눈물이 맺히는데 그게 태양에 반짝일 때마다 아아, 마치 내 생애의 눈물 내지는 슬픔을 모아 놓은 것만 같았다고요. 그게 너무 눈이 부시다는 핑계로 눈물 꽃이 피어오르는 걸 정면에서 바라본 사람은 이 세상에 단 한 사람도 없습니다. 그러니 눈물만큼 신의 존재를 증명하는 기록은 없습니다.

예. 예. 알겠습니다. 제 말에 전혀 집중하지 않고 계시는군요. 그저 이번에는 어떤 미친놈이 기껏 헛소리를 하나 하는 표정이십니다. 뭐 그래도 상관은 없습니다. 내가 살아온 세계는 당신의 세상을 아득히 뛰어넘으니까요. 그렇다고 그렇게 째려보지는 마십시오. 내 세상이 당신보다 우월했다는 소리가 아닙니다. 세속의 기준으로 따지자면, 나는 단 한 번도 빛을 본 적이 없습니다. 여기는 터널. 빛 한 점조차 통과할 수 없는, 깊고 캄캄한 어둠이 미로처럼 엮인 고향의 집에 불과했습니다. 그래요. 쓸데없는 소리는 그만하겠습니다. 오늘 제가 선생님께 상담을 신청한 이유는 단 하나입니다. 제가 깊은 절망에 빠져 가라앉았던 적이 있었습니다. 그때 빛이 한점 통용하지 않을 만큼 깊은 침묵 속에서 우울증이라고 명명된 것의 진짜 얼굴을 볼 기회가 있었습니다. 아무리 주위에서 나를 일컬어 극심한 우울증이라 해도 나는 단 한 번도 내 병을 인정한 적이 없었습니다. 우울증은 사실 존재하지 않던 것이라는 걸 이제는 분명히 알기 때문입니다. 깊은 슬픔. 나만의 아픔. 아무에게도 보여주기 힘든, 견디기 어려운 상처를 오롯이 내가 끌어안고 놓아주지 못하고 있는 장면을 사람들은 이름 붙여 우울증이라고 할 뿐이었습니다. 그들은 눈물 흘리는 자의 내면은 들여다보지 못하고 대신 겉에 보이는 단편적인 모습으로 모든 것을 판단했습니다. 각자가 가진 슬픔을 저마다의 방식으로 버텨나가는 과정에서 눈물 흘리고 괴로워하는 것을 다만, 뭉뚱그려 사람들은 우울증이라고 부를 뿐이었습니다. 그런데 지금은 모든 게 달라졌습니다.

길을 걷다가 나도 모르게 휘청거리며 쓰러졌습니다. 쓰러지면 다시 일어섰습니다. 몸에 문제가 있을 거란 생각은 해보지 않았어요. 그저 무식하게 버텼습니다. 덕분에 다리가 멀쩡한데도 마비가 왔습니다. 얼굴은 죽음의 사자가 실린 것처럼 새카맣게 변해가고, 눈은 노랗게 황달이 껴 더는 살아있는 사람의 것이라고 할 수 없었습니다. 병원에 실려 가 심각한 표정의 의사 선생님과 비명을 지르는 간호사 앞에서 죽음을 예감했지만 아아, 신은 내게 죽음조차 허락하지 않더군요. 영원히 안도감에 빠져들 기회는 결코 없었습니다. 기어코 살아남고야 말았습니다. 이토록 몸이 최악이 될 만큼 아픈데도, 죽지 못한다는 사실에 절망했습니다. 나 같이 불행을 한 몸에 타고난 사람은 몸이 아파 죽는 것조차 불가능한 게 분명합니다. 반드시 저주받았다는 증거입니다. 제 고통이 어느 정도였는지 감당이나 할 수 있겠습니까? 아침부터 저녁까지 견뎌내는 하루가, 1년을 통째로 불면하는 것보다 더 큰 고통이었습니다.

나는 지금 이 세상의 신이 죽었다고 생각합니다. 그러니 신의 대리인인 당신께 고해성사합니다. 당신은 아무것도 모르는 그저 '세상의 길 위에서 살아온 사람'이지만 그것이야말로 가장 축복받은 '신의 증명'이라는 사실을 모르실 겁니다. 하하, 당신도 불행을 느끼신다고요? 그거야말로 진정한 축복이군요! 인생은 정말 모순으로 가득 차있지 않습니까? 끝없이 불행한 사람은 더는 불행을 느끼지 못한다고요. 만성적 '불행 불감증'쯤은 되려나요? 선생님께 불행이란 무엇인가요? 어쩌다 한번 찾아오는 아주 작은 고통에도 바늘이 깊게 발바닥을 관통한 것처럼 비명을 지르는 일 말입니까?

예. 알겠어요. 쓸데없는 소리는 그만하겠습니다. 나는 세상의 밖에서 태어났다는 이유만으로 이미 죄인이 된 몸입니다. 태어난 죄악. '슬픔'을 그러안은 형벌로 수많은 사람이 내 전염병에 옮을까 봐 떠나갔습니다. 더는 슬퍼지지 않으려고 발버둥 치는 내가 괘씸했는지, 기쁨을 탐했다는 죄.

그 죄 탓에 내 한쪽 눈이 멀어지고 있습니다. 이건 녹내장이 아니에요. 분명 신이 나를 벌한 게 분명합니다. 이제 세상을 바라보고 눈물 흘려야 할 한쪽 눈이 세상으로부터 멀어지고 있습니다. 세상은 형벌 같은 사건만을 벌여놓고, 전부 수습은 태어났다는 이유만으로 내게 누명을 씌우고 있습니다. 나는 왜 평범하게 살지 못합니까. 그게 신의 장난이든 업보의 추태든 나는 저주받은 인간에 불과한 자입니까?

정말 절규했다고요. 죽음을 간절히 외쳤다고요. 이 비참한 심정을 당신이 어떻게 알겠습니까. 주먹을 꽉 쥔 틈새 사이로, 생애의 기쁨과 행복이 모래알처럼 속절없이 흘러내리는 비참함은, 당신이 이해할 수 있는 '이 세상의 것'이 절대 아닙니다.

'행복한 순간은 그 자체로 바람에 날아가, 꽃처럼 사라져서 영원히 지나간다.'

이것이 제 운명론입니다. 뭘 그렇게 놀라고 그러십니까. 앞서 말했다시피 꽉 쥔 주먹 사이로 내 모든 것들은 이미 흘러내렸습니다. 사랑, 희망, 기쁨, 평화, 행복. 그러므로 더는 그따위 것들을 내 앞에서 들먹이지 마십시오. 모든 미련과 기억은 한 줌 모래알처럼 허망했습니다. 분명 신이 있다면 나란 놈이 이토록 강한 저주에 걸리게 내버려 두지 않았을 겁니다. 오늘 선생님께 상담을 받으러 오면서 깊은 터널을

몇 차례 통과해야만 했습니다. 어두컴컴한 세상을 지나 밝은 빛에 도착했을 때 문득 깨달았어요. 신은 이미 죽었다는 것을. 그러므로 당신께 이야기합니다. 나는 살아가고 싶습니다. 죽고 싶을 때마다 나를 꾸역꾸역 살려낸 것이 불가사의한 신의 의지였다면, 신이 죽은 지금, 저주받은 나의 형벌을 영영 끝내기 위해선, 살아가는 모순이 필요합니다.

언제나 신은 내 최선의 선택에 반대 패만을 무심히 던지고 멀찍이 비웃었습니다. 그러니까 선생님께서 역설적으로 내 죽음의 증인이 되어주셨으면 합니다.

나는 지금부터 누구보다 간절하게 살아가고 싶습니다.

모순.

나는 살아가고 싶은 모순에 걸린 게 분명합니다.

○
사북탄광 할아버지

탄광촌 어느 마을, 지붕이 없는 집에 누워 별을 새는 잠을 잤다. 그건 꿈이 아니었다. 할아버지는 자식들이 모기에 물릴까 웃통을 벗고 잠을 주무셨고 그의 품에는 작은 별들이 진짜 꿈을 꾸었다. 그런 사북탄광 굴 안에는 늘 키가 작은 우리 할아버지가 서 계셨다. 여섯 식구의 생계를 책임지기 위해 작고 초라한 모습으로, 오늘도 얼굴에는 시커먼 생의 자국을 잔뜩 묻히시고 아무런 말씀이 없으셨다. 그저 대낮처럼 캄캄한 굴속을 당연하듯 들어가셨다. 등에는 드라이버와 망치가 담긴 작은 공구가방을 메고, 흰쌀밥에 김치 두어 점 올린 도시락을 목에 건 채. 아아, 우리 할아버지. 여섯 식구의 생계를 책임지기 위해 작고 초라한 모습으로, 가난한 도시락을 빛 한 점 없는 전구 밑에서 훌쩍이시네.

아침 해가 서서히 기지개를 켤 준비를 하고 있을 때였다.

나는 먹고산다는 핑계로 깊은 터널 안으로 빨려 들어가면서, 가만히 할아버지 생각이 떠올라 목이 말랐다. 역시 자식이라고 하는 건 부모를 닮는다. 내 아버지는 탄광에서 일했다. 내 아버지의 아버지도 탄광에서 일하셨다. 그리고 나조차도 폐광한 광산을 지나, 시커먼 터널 속에 들어왔다. 아무래도 대낮같이 어두운 세상을 우리 핏줄은 선명히 기억하는가 보다. 햇빛이 비치지 않는, 바람 한 점 불지 않는 터널이었다. 인위적인 전깃불에 의지한 강한 조명 앞에서, 입을 처연하게 벌린 악의 소굴로 천천히 걸어간다. 캄캄한 지하 세계는 자신의 몸을 휘감은 전깃줄을 따라 목구멍을 열어 그 안을 저밋저밋 열어주기 시작했다. 걸을 때마다 자욱한 흙먼지가 목 안을 캑캑 감아서, 기침이라도 하지 않기 위해 오히려 있는 힘껏 생의 먼지 같은 무게를 폐부로 들이마셨다. 캄캄한 지하 터널에는 예고도 없이 다이너마이트 폭파가 시작된다. 그럴 때면 감당하기 힘든 굉음에 임팩 렌치를 든 손을 보이지 않게 떨어야 했다. 터널이 조금씩 넓혀질 때마다, 예의 사이렌 소리. 콰아앙 폭열음, 다시 공사일정에 전혀 없던 다이너마이트 폭파. 그 소리에 놀라 터널 천장에 시트를 붙이며 한 번씩 삐 하고 멎는 귀. 그럴 때면 1960년대 강원도 정선, 사북탄광에서 광부로 일하셨던 할아버지 생각에 두 눈이 시큰거린다. "너의 아버지는 탄광에서 조명이 꺼지

158

자, 비상 버튼을 눌러, 모든 광부의 일을 중단시킨 적이 있었단다. 네 아버지는 참으로 겁이 많은 아이였지." 라며 우스갯소리로 해주신 말씀이 불현듯 떠올랐다. 마음이 아기처럼 여린 아버지는 캄캄한 대낮이 얼마나 무서웠을까. 칠흑같은 공포라는 것의 존재는 무슨 의미를 지니고 있는 걸까. 아아, 우리 할아버지는 이런 일상을 매일같이 견디며 싸우셨다는 생각에 가슴이 처연해진다.

매번 깊은 터널에 들어갈 때마다 세상 밖의 시간이 터널 안의 시간과 같은 밤이어야 나올 수 있었다. 나의 삶에는 늘 긴장이 앞장서서 걸었기에 태양은 그 뒤까지 따라오지 못했다. 퇴근길에 마주하는 저녁노을 반짝이는 잡초를 아름답게 바라 볼 수 있는 사람이 될 거라곤 꿈에도 상상하지 못했다. 바람에 살랑이는 흙먼지를 앞머리에 잔뜩 묻힌 채 그대로 굳어버린 내 얼굴이 오늘따라 너무 사랑스러웠다. 우리 할아버지는 이렇게 처절한 곳에서 어떠한 마음으로 버티신 걸까. 대낮부터 빛을 잃어가며 가장의 무게를 평생토록 지켜낸 무게감은 어떠한 것인가. 탄광에서의 굉음 탓에 할아버지는 젊은 시절부터 청각의 일부를 소실하셔야만 했다. 오랜 세월 먼지 자욱한 어두운 터널에서 가정을 책임지신 대가로 수많은 분진 가루에 의한 진폐증이 생겨 평생 기침을 놓지 못하신다. 우리 할아버지는 가장의 무게를 오롯이 자신의 힘으로 지키기 위해 두 귀와 폐의 일부 기능을 바꾸셔야 했다. 그러면서도 단 한 번 세상을 원망하거나 신세를 한탄하지 않으셨다. 그저 환갑이 훌쩍 넘는 연세에도 가장의 무게를 지키기 위해 끊임없이 일하셨다. 절대로 일을 그만두지 않으셨다. 할아버지는 모두가 은퇴하고 일을 쉬는 연세에 다다르셨음에도 오롯이 가장의 무게를 계속 지고 계셨다. 노년의 연세에는 강원도 원주의 제지 공장에 들어가 남의 집 생활을 하시던 때였다. 기계에 들어가는 제품을 손으로 일일이 구멍을 내서 홈에 맞춰 끼우는 작업을 하시던 날이었다.

그날은 정말 슬픈 날이었다. 밤을 새우며 작업을 하시던 도중, 프레스가 돌아가는 기계의 링 기어 사이로 손가락 한 쪽이 걸려 그만, 오른손 검지 한마디를 잘리시고야 말았다. 그런 가슴 아픈 사연을 생각할 때면 눈물은 피보다 더 뜨겁게 샘솟아서, 나는 두 주먹을 꽉 쥐고 피보다 뜨거운 눈물을 흘린다. 할아버지의 잘린 오른손 검지에 이어 붙인 봉합 자국을 심장에 재봉틀로 똑같이 새겨 넣는다. 영원히 잊지 않기 위해서다. 눈물로 맹세한다. 내 혈관 속에 흐르는 피를 주먹처럼 말아 쥐어서, 몇 번이고 심장을 꽉 움켜쥐곤, 탄광에서 보았던 다이너마이트처럼 터뜨린다. 그래서 내 심장이 온몸에 흘러 다니는 피가 되게 만들어, 우리 할아버지 왜 그렇게 희생하고 다치셔야 했는지 가장의 무게, 생의 흔적 같은 걸 영원히 잊지 않게 한다. 나는 심장을 피로 만들어 기억을 다짐한다. 우리 할아버지는 평생 가정을 위해 헌신하신 지극히 평범한 대한민국의 아버지이자 가장이셨다.

팔순이 훌쩍 넘으신 지금, 할아버지는 아직도 가장의 무게를 잊지 못하신다. 모든 기억이 흐릿하게 지워져만 간다. 예전처럼 과묵한 모습은 오래 채색된 수채화처럼 무슨 꽃인지 알 길이 없다. 한 달에 한 번, 원주 공장에서 기차를 타고 집으로 돌아오시는 날이면 아이스크림이 가득 든 검은 비닐봉지를 어린 손자의 손에 넘겨주시던 할아버지의 미소는 점점 옅어지고만 있다. 인정하기 힘들지만, 가슴 아픈 현실은 통곡이 울리기 전에만 다가오는 지진 징조처럼 오장육부를 뒤틀리게 할 순간만을 기다리고 있다. 여든이 넘으신 할아버지는 최근 절도죄로 고소를 당하셨고 경찰서에서 조사를 기다리고 계신다. 나는 젊었을 적 누구보다 근면 성실하고, 가장의 무게를 지키기 위해 손가락까지 처연하게 바친 할아버지가 절도를 하셨다는 사실이 믿기지 않는다. 아니, 사실이라고 해도 애써 부인하고 싶다. 많은 사람이 노년의 연세에 이르신 어르신은 그러실 수 있다고. 치매에 의한 증상이다, 라고 속단하지만 나는 결코 그렇게 생각하지 않는다. 젊어서는 여섯의 식구를 부양하고, 은퇴하셔야 할 때는 손주를 지켜내기 위해, 환갑이 훌쩍 넘는 연세에도 남의 집에서 먹고 자며 공장에서 기계를 돌리셔야 했던 책임감. 그 가장의 무게를 우리 할아버지께서는 아직도 잊지 못하는 거라고. 가정을 책임져야 한다는 사실만은 무슨 일이 있어도, 흐릿해진 기억 속에서도, 계속 선명해져서 우리 할아버지를 짓누르고 있는 거라고. 더는 일을 할 수 없게 된 연세에도 평생 일만 해왔던 기억이, 어떻게든 자식을 먹여 살리고 책임져야 한다는 책임감이 남의 물건에 손을 대게 한 죄라고. 그래서 우리 할아버지의 죄는 나의 죄이기도 하다. 누구보다 열심히 사셨다고 자부할 수 있는 할아버지가 훔친 건 단순히 라면 박스, 감자 상자 같은 폐지와 남들이 버린 쓰레기가 아니었다. 자식들과 할머니에게 주기 위한 한 끼의 밥, 그의 소중한 사랑이었다. 평생을 우직한 소처럼 사시었다. 그래서 산다는 것은 참으로 진한 눈물이 바다를 이루어 가는 과정이다. 누구보다 훌륭하셨던 할아버지께서 나이가 드심을 바라보며 생각한다. 인생의 연속이라는 것은 왜 갈수록 처절하고 슬퍼지는 것인지, 나는 도저히 알 수가 없다.

죄인은 죄를 짓지 않고

악마가 되었다

"아주 역겨운 인간이 여기 있습니다!" 함성과 고함이 뒤섞여 숫제 도살장에 끌려온 돼지가 절규하는 듯한 소리가 광장을 가득 채운다. 대중은 분노를 소리치고 그중 몇몇은 주먹을 치켜들어 괴상망측한 손동작을 취하기까지 한다. 몇몇 사람은 당장에라도 피를 보기 위해 토마토를 던진다. 죄인이 서 있는 누각의 벽에는 짓눌린 토마토의 붉은 선혈이 피처럼 토해져 있다. 대중은 피를 갈망하는 게 분명했다. 어서 뜨겁고 순수한 신의 심장을 보여달라, 끊임없이 소리친다. 죄인을 엄벌하라는 소리는 이미 하늘을 가득 채웠다. 몇몇 사람은 축제와도 같은 열기를 참지 못하고 광란을 일으키기까지 한다. 이제 저마다의 눈빛에서 더는 사람이 보이지 않는다. 신은 죄인에게 노해야 할지, 군중을 벌해야 할지 고심하며 서 있다. 그의 깊은 고뇌에 땅마저 흔들릴 때, 무거운 비명을 끝으로 마이크를 쥐고 서 있던 사회자가 입을 연다.

"아주 역겨운 인간이 여기 있습니다! 다들 돌과 몽둥이를 들고 어서 이 저주받은 놈을 패 죽일 준비를 하시오!"

탑 누각에 목이 메여있는 죄인은 고개를 들어 자신을 죽이기 위해 찾아온 복수자들의 얼굴을 일일이 쳐다본다. 그는 반드시 기억할 것이다. 눈물처럼 흐르는 피가 바닥에 뚝뚝 떨어지며 비탄(悲歎)처럼 흘러내리는 것을 바라본다. 그는 처절하리만큼 끔찍한 맹세를 하고야 만 것이 분명했다. 대중은 반성하지 않는 듯한 죄인의 얼굴을 향해 성난 황소처럼 돌을 던져댄다. 탑 누각에 매달린 죄인의 반성하지 않는 듯한 모습에 사형 관리인은 괘씸한지, 그의 목을 더 높이 매단다. 죄인의 두 발이 땅에서 까치발로도 겨우 바닥에 닿을 듯 말듯 위태롭게 서성인다. 정말로 죽지도 살지도 못하는 고통 속에 숨을 헐떡인다. 관중은 그의 발이 공중에 떠 있을 때마다 꽃가루를 휘날리고 휘파람을 분다. 그의 얼굴이 창백해지고, 두 발로 땅을 짚으려는 발버둥은 점점 약해지자, 광장에 모인 군중은 "그렇지, 바로 이거야!" 하며 포효한다. 축제는 이제 클라이맥스로 향하고 있다. 그러자 사회자는 이게 아니라는 듯 다시 한번 더 마이크를 잡는다.

"모두 멈추시오! 죄인을 참형하기 전에 먼저 제 이야기를 들어주십시오. 그를 죽이기 전 죄인이 지은 죄악에 대해 낱낱이 고하겠습니다. 여기 누구보다 살고 싶어 하면서 죽고 싶어한 자가 있습니다. 죽고 싶다고 울부짖으며 글을 씁니다. 그런데 이면에는 누구보다 살고 싶은 마음이 숨어 있었습니다. 죽고 싶다고 고백하는 중에도 누구보다 살고 싶어 '나 좀 봐주오. 제발. 나 여기 눈물 흘리며 서 있소. 나를 외면하지 마오. 제발. 내게 손을 내밀어 주오. 나는 죽어가고만 있소. 이제 더는 버틸 수가 없소'라며 내면에서 읊조리기만 하는 겁쟁이가 있습니다. 결코, 소리쳐 외치지는 못할 나약하고 위선적인 거짓말쟁이입니다. 너무 가소롭고 역겹습니다. 여러분! 이 인간은 반드시 죽어 마땅합니다. 안 그렇습니까?"

관중은 그렇다, 크게 소리 지르며 사회자의 말에 조응한다. 사회자는 계속해서 말을 이어간다. "글을 쓰며 살아내고 글을 쓰면서 죽는 모순덩어리라니, 나는 이제껏 이런 유형의 사람을 감히 본 적이 없습니다. 이 사람이 너무 혐오스러워 스스로 견딜 수 없습니다. 제가 아는 이 사람의 죄는 비단 살고 싶은지 죽고 싶은지 알 수 없는 거짓말을 한 것 (사실 둘 다 일지도 모른다.) 뿐만이 아닙니다. 이 사람은 사랑에 실패한 죄인입니다. 두 번 다시 사랑하지 않기 위해 서른의 나이에 처음 글을 썼습니다. 무라카미 하루키가 서른의 나이에 요코하마 야구장에서 처음 '글을 써야겠다.' 신의 계시와도 같은 운명을 받아들이고 소설을 쓴 것처럼. 방황하던 다자이 오사무가 결혼을 하던 30세부터 소설을 제대로 쓰기 마음먹은 것처럼. 그는 두 번 다시 사랑하지 않기 위해 서른의 나이에 처음으로 글을 썼습니다. 하지만 보라, 추악한 본능에 젖어든 이 인간은 사랑하지 않기 위해 글을 써놓고, 모두 똑똑히 보시오! 사랑하지 않겠다는 글로 만난 여인과 (그녀는 아주 순수하고 하얀 새 같은 여자였다) 사랑에 빠졌습니다. 불길하기 짝이 없는 이 자는 절대 인연을 만들어서도 안 되고 사랑에 빠져서도 안 됩니다. 그는 축복받아 마땅할 하얀 새의 깃털에 기어코 거뭇하고 불쾌한 먹물을 끼얹고 말았습니다. 이제 하얀 새는 영원히 지워지지 않는 먹물을 매단 채 하늘을 날아야 합니다. 그는 운명처럼 글을 써야겠다고 생각해 놓고 자신의 뜻을 거역했습니다. 자이제 여러분께 묻습니다. 두 번 다시 사랑하지 않으려고 글을 쓴 자가 사랑을 한 죄에 대한 형벌은 무엇입니까?"

광장에 모인 군중은 흥분하며 소리 지른다. "사형이다." "아니 사형으론 부족하다." "아주 잔인하게 패 죽여야 한다." "고통은 일분일초로 끝나선 안 된다." 저마다 죄인을 어떻게 죽이는 게 더 잔인하고 고통스러울지, 서로 주먹질을 하고 패대기를 치며 열띤 싸움을 하기 시작했다. 사형 관리인은 이 불결한 죄인과 같은 공간에 있는 것을 더는 참을 수 없다. 탑 누각에 매달린 죄인의 목을 조르는 밧줄을 아무도 모르게 점점 강하게 밑으로 잡아당긴다.

"모두 진정하시오!" 사회자는 마이크를 내려놓고 천둥 같은 목소리로 대지에 고함친다. 악귀와 아수라들이 모인 듯한 광장이 일순 조용해졌다. 광장에는 눈치만 살피는 고양이와 겁먹은 개들로 가득하다. 사회자는 엄숙해진 군중을 훑어보더니 이내 신의 목소리로 진동한다.

"이 죄인에게는 사형조차 부족하다. 단 10분이면 숨이 끊어지는 교수형도 자비롭다. 단 10초면 목이 달아날 길로틴조차도 사치스럽다." 사회자는 광장 한가운데를 가로질러 탑 누각으로 오른다. 그러곤 죄인의 목을 조이던 밧줄을 싹둑 잘라낸다.

"자 가라! 평생 사람들과 섞일 수 없는 자. 빛조차도 너에게는 어둠으로밖에 섞이지 못하나니, 아무런 색깔도 될 수 없는 너는, 어디에도 환대받지 못할 것이다. 저주받은 운명을 타고난 자에게는 하늘이 선사하는 죽음조차 사치다. 절망이 뱀처럼 온몸에 감겨 죽을 때까지 세상을 떠돌아라. 두 번 다시 사랑할 수 없는 고통에 가장 뜨거운 눈물만을 흘리고 그럼에도 사랑이 그리워 남몰래 몸부림치며 아파하라. 사람을 만나고 싶어 간절히 누군가를 그리워하면서도, 두 번 다시 인연을 만들 수 없는 네 저주만을 그러안고 사랑하라."

죄인은 그제야 고개를 숙인다. 자신의 운명을 받아들이기라도 한다는 듯, 벌겋게 매인 목의 밧줄 자국을 증거로 광장에 있는 군중에게 다가간다.

"나를 죽여주오. 나를 살려주오." 그는 여전히 거짓말을 일삼는다. 죽으면서 살 수 있다는 것인지 아니면 살면서 죽는다는 것인지, 말도 안 되는 소리만을 계속 지껄인다. 이 시점에서 그는 이미 인간이 아닌 게 분명해 보인다. 이제 군중은 겁에 질렸다. 모두 저마다의 생각을 마친 뒤 눈앞의 짐승으로부터 뒷걸음질 치기 시작한다. 어떤 이는 소리를 지르며 "나는 안돼!"하고 외친 뒤 도망간다. 그는 악마를 보았다는 충격에 실성한 게 분명했다. 봐서는 안 될 존재를 보았다고 자신의 두 눈을 뽑은 자도 있다. 그는 끊임없이 "아니야. 아니야. 내가 본 게 아니야."라고 소리 지르며 자신이 본 것을 부정하고 있다.

자 이제 악마는 누구인가. 죄인은 죄를 짓지 않고 악마가 되었다. 그는 진정으로 영원히 끝나지 않을 사형만을 선고받고 사람들 사이를 떠돈다. 허나 그의 얼굴을 본 자는 아무도 없다.

기억은 영원히 헤매야 하는 미로의 본질을 띄고 있다.

○

꿈은 별처럼 멀어지고
나는 제자리에 서서
괴로워하고

나는 많은 가능성을 지니기만 했을 뿐, 이루어 낸 것은 어떠한 것도 없다. 나는 실패했고 아둔했으며 하고 싶어도 할 수 없는 자를 조롱한 대가를 치러야만 했다. 이런 생각을 한 적이 있다.

'차라리 태어나지 말았어야 했다.'

할 수 있었음에도, 이루어 낼 가능성이 있었음에도, 스스로에게 함몰되어 아무것도 해내지 못한 나만의 죄업. 고등학교 때 선생님은 이런 말씀을 하셨다.

"할 수 있는데도 하지 않는 것은 하고 싶어도 할 수 없는 이들에게 짓는 죄악이다."

그렇다. 나는 변명과 핑계에 갇혀 자신을 과대평가했고 또 과소평가했다. 갖춘 능력에 비해 노력하지 않았고 또 노력했음에도 너무 우직하게 굴어 몇 번이고 넘어져야 했다.

높은 장대 위에 매달려 절벽을 건너는 이들을 보면 밑에는 굶주린 악어떼들이 가득했고 기회는 단 한 번뿐이었다. 어쩌다 집안의 자산과 권력에 힘입어 몇 번이고 악어떼들을 피해 절벽을 건넌 이들의 이야기를 듣는다.

그들은 포기하지 않았기에 몇 번이고 다시금 도전해 성공할 수 있었다며 신화 같은 이야기를 하고, 모든 이들의 별로 떠올라 기꺼이 박수갈채를 받는다. 그렇게 준비된 자들은 성공을 꿈꾸는 평범한 사람들의 위인이 되어가지만, 악어떼들로부터 직접 탈출해 절벽 위를 손톱으로부터 먼저 파서 올라가야 하는 나의 장대 위에서는 도전하기 위해 매달릴, 단 한 번의 기회조차도 쉽사리 주어지지 못했다. 그렇다. 고개를 숙이는 일은 내게 너무나도 쉬웠고 또 너무나도 어려웠다. 야구선수가 되고 싶었다. 공무원이 되고 싶었고 사업가도 되고 싶었다. 기자가 되고 싶었고 종국에는 이름 없는 스님이 되고 싶기도 했다. 사는 게 너무 괴로워 답을 찾아가고 싶었다.

변변찮은 수입도, 직장도 없이 뉘엿뉘엿 저물어가는, 저 말 없는 석양처럼, 나이만 들어가는 나는 오늘도 토해낼 게 없다. 젠장할 나의 아버지는 가정을 지키기 위해 투쟁하였는데. 내 아버지의 아버지는 탄광에서 청력을 소실해 가면서, 폐의 일부 기능을 상실해 가면서까지, 날마다 전쟁 같은 캄캄한 암흑 속에서 대낮을 지내시며 여섯 식구를 책임지셨는데, 지금의 나로서는 불가능한 일이다.

이렇게 유약하고 나약해 빠져서야, 나란 놈은 당최 누구를 닮은 것인지, 도대체가 답이 없는 녀석이다.

○

살아야만 하는가
───────────

    살아야 하는가. 이토록 큰 비애를 가슴에 안고도, 버티며 두 발로 땅에 딛고 서 있는 자체가 기적이지마는, 그저 버티는 것만이 삶의 이유라면, 나는 충분히 자신을 입증한 존재의 이유요, 백 전의 노장일지 언대, 나 살아야만 하는가. 계속해서 모래시계처럼 쏟아지는 삶의 환난 속에서, 두 눈은 어디에 초점을 맞춰야 하는가.

    나는 빛이 나지 않는 돌이오.

    태양은 내게서 멀어져만 가는 빛이오.

    아아, 이제 울기 위해선 아버지의 묘소를 찾아야 한다. 살아가는 죄악 때문에 울지도 못하는 나는, 그 어디에도 정착할 수 없다. 대낮에도 환한 태양이 내게는 자취를 감춘다. 밤에도 달은 차갑게 얼어있다. 어디로 가야 하는가. 땅 밑을 기어 다니면서라도 살아야 하는가. 정녕코 그토록 비참할지라도, 살아야 하는가. 살아야만 하는가!

　노예처럼 땅을 기고 흙 속에 모습을 숨겨서 아무렇지 않은 듯, 남들과는 다른 행로를 걸어야 하는가. 그게 내 생의 마지막 환락인가. 나는 두 눈을 질끈 감고, 차마 우는 것이 허락되지 않은 내 삶을 끌어안으며, 땅속 깊숙이 꺼진다.

○

상실을 잊는 발걸음

　내 불행은 그렇게 시작했다. 호기롭게 시작한 현실의 벽 앞에서 나는, 눈앞의 장애물 따위 우습게 부술 수 있을 거라고만 생각했다. 오산이었다. 그것도 내 희망을 꺾고 의지를 세상이 훔쳐 가게 내버려 둘, 최악의 판단이었다. 조금 더 겸손해야 했다. 좀 더 끈질기게 버텨야만 했다. 사방이 꽉 막힌 장벽, 그 앞에서 이러지도 저러지도 못한 채 만신창이가 되어버렸다. 초점을 잃은 눈동자는 목적지를 찾지 못했다. 그저 하염없이 목표를 잃고, 망가진 나침반을 쳐다볼 뿐, 이제 어디로 나아가야 하는가. 내가 진정 원하는 삶이 펼쳐지는 방향은 어디인가, 어쩌면 지금 내가 서 있는 곳이 동쪽인지 서쪽인지도, 나는 천지 분간을 할 수 없는 상태다. 바보다. 초도 세상을 빛내기 위해서는 먼저 자신을 태워야 한다지만, 나는 목숨을 걸고 세상에 부딪혔을 뿐이다. 그게 내

죄다. 용감한 도전은 캄캄한 어둠을 단번에 몰아내고, 환한 아침이 될 수 있다고 배웠지만, 진정으로 도전해 본 결과는 이러하다. 내가 겪은 모든 고난과 시련은 그렇게 호락호락한 상대가 아니었다.

언젠가 소금에 관한 이야기를 들은 적이 있다. 혼자서 쓰이면 짜기만 한 소금이 노력과 열정으로 무장한다면, 세상에서 가장 훌륭한 음식의 밑천이 되기도 한다는 뻔한 말 줄기였다. 정말 포기하지만 않으면 이 세상을 소금처럼 밑간하고, 양초처럼 환하게 할 수 있는 것인가? 정말 그런 것인가? 그저 성공한 사람들이 지어낸 포장도로 위를 자동차로 달리는 허황된 이야기에 홀려 우리는 뻘밭을 건너기 위해 헛된 희망을 신발처럼 신은 채, 비포장도로를 뛰어가는 어리석은 행위를 하고 있는 건 아니었는가?

지금 더는 돌아갈 골목조차 사방이 막혀있다. 서 있는 자세 그대로 죽어버리는 게 비참한 꼴이라도 겨우 면할 수 있는 상황에서, 언젠가 내 꿈을 포기해야만 했던 순간이 불현듯 떠오른다. 나는 내 모든 것을 퍼부었다. 내 뜻이 하늘에 닿을 수 있었다면 좋았겠지만, 으레 남들처럼 쉽게 포기할 수밖에 없었다. 현실은 언제나 손 뻗으면 닿을 것 같은 구름처럼 공허하게 손을 휘젓게 할 뿐, 결국 거머쥘 수 있는 건 비참함 하나뿐이었다. 그럴 때면 좋은 핑곗거리로 형편이라는 단어를 손에 꼭 쥐곤 했다. 내 형편, 우리 집 형편, 가난, 설움, 먹고사는 일, 형편으로 정의되는 모든 것. 그래서 나는 형편이라는 단어를 두 귀로 접한 뒤로 야구를 포기했다. 그래. 매달 내야 하는 회비나 야구용품, 생활비 등 수십만 원이 훌쩍 넘는 금액은 하늘처럼 높아서 인간 세상에 사는 우리 가족이 아무리 하늘 위로 손을 휘둘러봤자 잡히는 건 '형편'뿐이었다. 야구를 그만두어야 할 이유로 이보다 적합한 건 없었다. 좌절하지 않기 위해 새로운 꿈은 없을까 하고 무작정 거리를 떠돌았다. 시외버스를 타고 인천을 갔다. 연고도 없고 아는 사람도 없는 인천종합버스터미널에 도착해서 그저 발길 닿는 곳은 어디든 목적지 없이 걸었다. 그리고 막차를 타고 집으로 돌아왔다. 지붕이 없는 세상 아래에서 떠돌이처럼 보이지 않는 꿈을 향해 헤맸다. 그나마 마음이 나아졌다. 하지만 지붕이 있는 집으로 들어오면 언제 그랬냐는 듯이 계속해서 아픈 기억이 그물처럼 나를 낚아채서 괴롭힌다. 그럴 땐 동네에서 한 번도 가보지 못했던 샛길을 찾아 온종일 걸어가 보았다. 10년을 넘게 산 우리 동네에서 처음 보는 광경이 있다는 게 놀라웠다. 버스 정류장에서 세 번째로 오는 버스에 타자. 그렇게 생각한 후 어디로 향하는지 모르는 시내버스에 목적이라도 있는 것처럼 자신 있게 올라탔다. 바다 위를 항해하는 선장처럼 버스가 인도하는 곳으

로 어디든 가보았다. 미지의 장소로 떠나는 차에 올라탄다
는 건 나름의 용기가 필요한 행위였다. 그 길 위에서 한가지
배운 게 있다. 항상 변하지 않는 일상인 줄 알았는데, 늘 새
로움은 같은 자리에서 꽃처럼 피어나고 있었다. 익숙함이란
그런 것이다. 나를 편안하게 해주지만, 그래서 같은 자리에
안도하게 한다. 나는 주저앉아 있을 상황이 아니다. 야구를
그만두고 모든 것이 뒤처졌다.

야구라는 일상에 눈길을 빼앗겨 정작 중요한 건 알지 못
했다. 야구 외의 삶에는 어떤 것이 있는지 가르쳐주는 사람
이 없었다. 세상을 향해 달려가는 나만의 방식이 곧 나만의
해답이 될 수 있을 거라고만 생각했다. 인생을 책에서 배웠
기에 희망은 언제나 잠재된 씨앗 내지는 꽃이 피지 않은 장
미 같은 것이라고 믿었다. 어리석었다. 책에서 배우는 것보
다 중요한 건 언제나 책을 들고 내 앞에 웃으며 서 있는 아
버지의 존재다. 나는 아버지가 없었기에 지혜의 경험을 가
르침으로 듣지 못하고 대신 몸소 부딪혀 뼈저리게 행복의
상실이라는 대가를 지불한 후에야 겨우 배울 수 있었다. 통
한의 고통 끝에서야 책이 말해주지 않는 추악한 인간과 지
옥도의 인생에 대해 간간이 깨우칠 수 있었다. 그때 알아낸
건, 책을 읽는 것보다 중요한 건 종이에 보이지 않게 새겨진
나 자신을 먼저 읽어야 한다는 사실. 땅만 쳐다보며 살았던

내 세상이 하늘로 넓혀지기까지는 희망을 상실해야만 하는 대가가 따랐다.

인생을 살아가는 데 있어 가장 큰 성공은 도전에 나서는 용기다. 하지만 희생해야 하는 대가조차도 분명하다. 나는 너무나도 많은 실패를 경험했다. 그저 좌절한 채 내 모든 시간을 스스로 멈춰 버렸다면, 그래서 나 자신을 스스로 포기했다면, 적어도 이렇게 고통받으며 질긴 목숨을 이어갈 필요는 없지 않았을까 하는 불운한 생각이 들기도 한다. 미련 없이 모든 것을 퍼붓고 후회 없이 내 자리를 떠났을 때, 그리움을 닮은 빈자리는 생겨나지 않았고 대신 나를 위한 새로운 자리들이 생겨났다. 불운한 자에게 따르는 햇빛이라 함은 늘 그러하다. 나에게 모욕을 씌워주고 그늘은 빼앗아 가버린다. 그래서 내게는 두 가지 발걸음만이 존재한다. 태양이 쥐어짜는 불볕더위가 가득한, 그늘 한 점 없는 운동장에서 영문도 모른 채 서 있어야 하는 왼발. 그리고 추운 겨울날, 남들은 따스한 천국을 찾아 하나둘 사라져 갈 때, 혼자서 아무도 오지 않는 길가에 서서 이름도 얼굴도 모르는 누군가를 하염없이 기다리는 오른발. 그래서 내가 내딛는 첫걸음이라는 것은, 처음 내딛는다의 진정한 의미는, 상실이다. 상실하였다는 기억마저 상실하는 발걸음.

○

낙오의 과오

'낙오한 자는 기립할 수 없다. 비록 그의 두 다리가 땅에 꽂혀 있어도 말이다.' 거울에 비친 내 모습을 바라보며 나 자신을 독백합니다. 그런데 지금 내 눈앞에 있는 거울. 조금은 이상한 것 같습니다. 거울 속의 내 모습에서 텅 빈 눈을 가득 채워줄 눈동자를 발견하지 못합니다. 혹시 나의 모습과 생각은 사라진 채 사람들 눈에 각자의 생각대로 보이는 이상한 거울을 본 적이 있습니까? 가만 나는 언제부터 이런 굴곡진 거울을 가지고 있던 걸까요? 아무리 생각해 봐도 언제 이 거울을 처음 샀는지 지금은 기억이 잘 나지 않습니다. 내 머릿속을 스치며 희미하게 떠오르는 몇몇 깨진 유리조각 같은 기억들이 꿈틀거리는 것을 애써 뒤로 한 채 말이죠.

내가 숨겨놓은 이 기억들은 지금 후회와 원망이 섞인 눈빛으로 거울 속에서 나를 응시하고 있습니다. 영원히 미완으로 남아야만 했던 조각난 가루들이 아련하게도 지금, 나의 마음속에서 왜 자신의 자리를 찾아가기 위해 몸부림치는 것인지 모르겠습니다. 아니, 어쩌면 너무나도 생생히 떠오르는 기억 속에서 고통의 순간들을 잊어버린 척했었다고 밖에는 말할 수 없겠군요.

그때는 미처 알지 못했던 것을 이제는 알기에. 바로 태어날 때부터 빈손으로 세상에 떨어진 내게 주어진 이 낙오의 과오라는 목걸이. 이 목걸이는 나에게조차 보이지 않는 모습으로 내 목에 걸려 있는지 오래였습니다. 나의 의지와 상관없이 내 목에 걸린 이 목걸이는 소리와 형체도 없이 나의 얼굴을 대신하는 피부로 전이되더니 이제는 기괴한 모습으로 얼굴을 변형시켜 나를 자신의 하수인으로 만들고 있습니다. 누가 내게 이 목걸이를 걸어준 것일까요? 지금 와서 다시 생각하건대 이 목걸이는 내가 눈물을 흘릴 때마다 기회를 놓치지 않았습니다. 눈물의 줄기를 타고 위로 올라와 나의 눈과 코 그리고 입을 굴곡지게 보이도록 바꾸고 있던 것입니다. 오늘 거울에서 보았던 내 모습은 피카소의 우는 여인을 닮은 자화상이었습니다.

언제나 보이지 않던 투명한 목걸이가 제 모습을 드러낸 때가 바로 그때였습니다. 내 이목구비가 비틀어질 대로 비틀어져 더는 사람으로 보이지 않을 때, 나는 목에 걸려있는 목걸이를 처음 발견하곤, 무엇이 잘못된 건지 뒤늦게 깨달았습니다. 나는 살아가면서 인간이 겪을 수 있는 가장 큰 고통이 바로 사회에서 낙오되어 패배자로 낙인찍히고 모두에게 손가락질받는 멍에를 굴레처럼 뒤집어쓰는 것이라고만 생각해 왔습니다. 하지만 아담이 뱀의 유혹에 빠져 먹게 된 선악과가 천상의 복숭아보다 더 달콤하였듯이, 나는 낙오의 잘못이 나를 점점 더 어둠으로 잠식시키는 깊은 심연으로 빠뜨리는 죄악인 줄 알면서도, 이것이 살아있는 지옥이라고는 전혀 생각하지 못하였습니다.

나의 일상과 세상이 왜곡되고 비틀어지는데도 오히려 깊은 안도와 함께 편안함이 느껴지는 것은 무엇 때문이었을까요? 대낮에도 쏟아지는 따스한 봄바람 같은 낮잠들. 그러면서 "어쩌면 치열하게 하루하루 견뎌내는 눈물지도록 끈질긴 것들이야말로 천국 같은 삶이 아닌가. 아무것도 하지 않은 채 빈 섬이 되어 홀로이 사람들 사이를 둥둥 떠다니는 것이야말로 인간사의 지옥은 아닌가." 거울 속에 기괴한 모습으로 서 있던 자화상이 제게 말하는 것이었습니다. 피카소를 닮은 그 자화상이 분명했습니다. 그는 계속해서 무어라 읊조립니다. 분명 나를 사랑하는 것과 저주하는 것, 둘 중의 하나를 택해야 한다면 무엇을 선택할 것이냐고 묻는 것만 같습니다. 스스로를 직면한 지금 이 순간부터는 더 이상 거짓말로 나 자신을 모면할 수 없겠군요. 사실대로 말씀 드리겠습니다. 나는 늘 나 자신을 먼저 책망해 왔습니다. 나는 아무것도 되지 못한 자였습니다. 결국 존재 상실이라는 단어가 어울린단 걸 인제서야 인정하는 것입니다. 내 평생의 30년은 무엇을 위한 것이었을까요. 스스로를 돌이켜 보면 비참한 언동만이 내 주위를 머무를 뿐, 남아있는 건 아무것도 없었습니다. 세상은 흑백으로 이루어진 게 분명합니다. 이제 나는 아무것도 기억하지 못합니다. 문득 세상이 싫어졌습니다.

거기까지 생각이 미치자마자 거울은 산산조각 나 깨졌습니다. 조각난 유리 조각 사이로 투영한 내 모습에서 눈물을 닮은 파편들이 저마다 기괴한 모습으로 괜찮냐며 서로를 위로하며 슬피 울고 있습니다. 내게 거울이란 본디 없었습니다. 자, 이제는 내가 당신에게 물을 차례입니다. 나는 살아가야 합니까. 나는 아직도 기괴합니까.

○

울엄니

울엄니는요, 덕포 오일장에서 설움 받다가 그만 강물
이 되어버렸어요. 무당이라 천대받는 것이 내 생에 죄업이
다 해서 그만, 동네에서 손가락질하는 사람들한테 늘 죄송
하단 말만 달고 살았대요. 그중에는 유독 독한 사람들이 있
었는데요. 무속을 타파하자던 새마을운동의 김이장, 무궁
화 슈퍼마켓 홍씨 아줌마, 신당은 동네 땅값 떨어뜨리고 나
라를 망친다고 돌을 던졌대요. 울엄니는요, 내가 봤을 때는
요, 아무 죄가 없어요. 그런데도 늘 입버릇처럼 죄가 없어도
무당은 빌고 살아야 한다며, 그들이 던지는 돌을요, 아무 말
없이 온몸으로 받아내셨어요. 어느 날에는요. 초를 하나 키
고 사랑방에서 고개 숙여 울고 있는 울엄니를 봤어요. 울엄
니는요. 한 번도 남들 앞에서 울어본 적이 없는 분이었어요.
울엄니 울어요? 하고 물으면 울엄니 그럴 때마다 눈에 눈곱

이 많이 껴서 그렇다며 나를 안아주시곤 했어요. 가만 생각해 보니 그때도 그랬던 거 같아요. 동네 사람들이 이장 아저씨 하는 말에 선동돼서, 울엄니 집에까지 쫓아와서 짱돌을 던져댔을 때도요. "새마을운동 정신을 훼손하는 무속 신앙 타파하라!" 하며 소리를 고래고래 질러댔을 때도요. 울엄니는요. 그들이 던진 돌에 이마가 찢어져 피가 낭자하게 볼을 타고 흘렀어도요. 결코, 고개를 숙이지 않으셨대요. 그러더니 이제는요, 내가 알 것이 다 아는 나이가 다 되어버리니까요. 울엄니 하얗고 뽀얀 옷 접어놓으시고요, 하나 있는 아들이 엄니 따라 우는 것이 걱정되었는지요. 인자는 그만 눈풀꽃이 되어버렸어요. 나이는 60이 넘지를 못하고요. 외할머니 무덤가에 작게 피어오른 눈풀꽃이 되어버렸어요. 울엄니는요, 내게 항상 그랬어요. 눈에 눈곱이 많이 껴서 눈물을 닦았다고요. 눈에 풀이라도 묻혔는감, 왜 이렇게 눈물을 많이 묻혔대요. 이제 와 울엄니 외할머니 무덤가에 작게 피어오른 눈풀꽃으로 다시 보니깐요. 꼭 고개 숙여 눈물 한 방울 떨구던 생전 울엄니 모습이랑 똑같아요. 그래서요. 울엄니는요. 죄가 없어요. 그런데요. 사람들은요. 그거야말로 죄래요.

184

○

고아로 자란 건
누구의 잘못이었을까

　학교 운동회가 시작되는 날은 언제나 쥐구멍에 숨고 싶은 날이었다. 운동장엔 선글라스를 낀 멋진 엄마, 아빠들이 자신의 아이들 이름을 하나씩 부른다. 운동장을 달리는 아이들은 자신의 부모님을 찾아 손을 흔든다. 그럴 때마다 나는 초점 없는 눈동자로 안절부절못했다. 점심시간이 되자 친구들의 부모님께서 한 분 두 분 우리가 앉아 있는 응원석에 와 인사를 하셨다. 자신의 아이와 싸우지 말고 친하게 지내라며 인자한 목소리로 말씀하셨다. 나는 어른들의 말씀에 "네"라고 대답하고 금세 표정이 어두워졌다. 자상한 미소로 말을 건네는 어른들이 내 어깨를 두드릴 때마다 이유도 없이 슬퍼졌다. 나는 지은 죄도 없이 고개를 숙였다. 그때는 그게 그렇게 슬펐다. 한없이 주눅이 들었다. 내 곁을 찾아와 줄 부모님이 없다는 건 내가 짓지 않은 슬픈 죄였다. 지은 죄가 없는 어린아이일지라도 죄를 지은 것처럼 느끼게 하니까.

봄과 가을철 학교에서 떠나는 소풍에서도 나는 늘 죄인이었다. 엄마가 싸준 특별한 김밥이 담긴 친구들의 도시락에는 햄과 달걀을 넘어 고기가 들어있기까지 했다. 나는 할머니가 싸준 푸석하다 못해 마른 김에 단무지 하나 들어간 김밥을 가져갔다. 그래서 소풍날마다 화장실에 숨었다. 그때는 창피한 게 죽는 것보다 싫었다. 알록달록한 친구들의 도시락과 비교되는 눅눅한 김. 하얗게 비틀어진 밥 사이 고개를 숨긴 노란 단무지. 눈물이 마른 김밥은 무척이나 나를 닮아 있었다. 어린 나이 때부터 항상 슬픔의 숲에 사는 아이처럼 슬퍼 보인다고 했다. 그것은 지금도 마찬가지다. 할머니는 형편에 맞게 온 힘을 다해 도시락을 싸 주셨지만 왜 나는 남들처럼 엄마와 아빠가 없을까. 항상 풀 수 없는 문제를 두고 고뇌해야 하는 것이야말로 진정한 고통이었다. 수업 시간마다 나비와 벌의 이름을 외워야 했던 어린아이에게 있어서는 절대 해결할 수 없는 문제였다. 나는 영원히 풀 수 없는 문제를 풀기 위해 고심하였고 결국 수많은 오답만을 적어나갔다. 그때마다 문제를 틀렸다는 죄책감에 고개를 숙이고 이름도 얼굴도 알 수 없는 그리움에 벌벌 떨어야 했다.

이불을 뒤집어쓰고 소리조차 내지 못하고 운다. 남들은

하루에 백 번이고 천 번이고 부르는 엄마라는 이름이 내 입에서는 단 한 번도 튀어나오지 못했다. 저녁에 서산을 넘어, 지는 붉은 석양이 점점 희미해져 가는 게 꼭 내 곁을 떠나간 아빠를 닮았다. 그래서 너무 매정해 보이는 달이 차오르면 나는 울었다. 아무에게도 들리지 않는 목소리로 엄마라는 단어를 용기 내 자그막히 불러본다. 이불을 뒤집어쓴 어린 소년은 소리 내서 우는 법을 잊었는가. 와들와들 떨리는 작은 손으로 이불을 머리끝까지 올린다. 흐르는 눈물은 닦을 용기가 없어 베갯잇은 벌써 슬픔으로 이만큼이나 물들었다.

'어무니 그리고 아부지.' 십 년이 훌쩍 넘는 세월 동안 한 번도 입 밖으로 꺼내지 못한 단어들이 설움에 절여져서 소금처럼 뿜어 나온다. 누군가에게는 평생토록 불러보지 못한 이름이었다. 고아로 자란 건 누구의 잘못이었을까. 살기 위해 집을 떠나야 했던 엄마를 이해한다. 가족을 잃고 세상 밖을 떠돌아야만 했던 아빠의 생애를 공감한다. 나는 월미산 정상에 서서 사람의 손길이 한 번도 닿지 않은 원시림을 바라보며 이제껏 해결하지 못한 문제의 정답을 찾았다. 고아로 자란 건 그 누구의 잘못도 아니었다.

○

태어나서

죄송합니다

미안하지만 더는 살아갈 자신이 없다. 두 번 다시 인간 세상에 나지 않겠다. 생애는 필연적인 죽음으로의 귀추이자 자기 파괴의 시작으로 끝이 남으로. 신이시여 자기 연민은 죄악입니까? 자살은 반드시 죄입니까? 남을 죽여야만 자기가 사는 괴인이 천국에 갈 수 있는 것입니까? 신이시여 어서 대답하십시오. 나를 죽여서라도 남에게 폐 끼치지 않으려는 죄인의 도착지는 언제나 지옥뿐입니까? 아아, 나는 신이라도 죽이고 천국에 갈 뿐입니다. 타인은 언제나 슬픈 눈동자에 익사하고 있습니다.

○

성서
─────────────────────

그러나 우리, 사랑으로 된 성서를 읽으며 세상에 내려와 닿았을 때였다. 언제나 살아야 하는 이유는 타인이었다. 구약에 적힌 천사의 말에 차마 반박할 자신이 없었다. 대신 나는 고개를 주억거리며 혼잣말로 작게 중얼거렸다. 죽어야 하는 이유는 언제나 자신에게 있다!

소리친다. 살아야 하는가. 타인이 내민 손은 눈물처럼 따끔거리는 가시 손이었다. 그 손을 잡을 때마다, 나는 눈물이 핑 돌아서 아무렇지 않은 척 텅 빈 가슴에 공허를 숨겨야만 했다.

거짓말.

하나님이 허락지 않은 무서운 죄악.

나는 하늘로 올라가지 못하고 오히려 깊은 절망으로 추락한다.

'더 이상 슬픈 글을 쓰지 않아도 되는 내 이야기를 읽어줘.'

'절망의 늪에서 날개 돋친 책이 우리를 지켜줄 거야.'

다 거짓말.

사형.

비록 사랑이라 할지라도, 눈물이 강탈해버린 슬픔의 보따리.

그는 꽃이라도 피치 못하다.

개만도 못한 죽음.

자살.

비참한 생애.

같잖은 자존심으로 연명하느니 확 죽어버리자!

생애로부터의 탈출.

스스로 찍어내는 마침표.

마침내 깊은숨을 뱉어낸 안식

...

언제나 나를 살리는 건 타인이었다.

내가 죽어야 하는 이유는 자신이었다.

젠장!

태어나지 말았어야 했다.

태어나서 죄송합니다.

살아 있어서 죄송합니다.

발바닥의 뼈가 훤히 드러날 때쯤이야

두 눈에 반짝이는 진달래 씨앗.

거기에 적힌 글씨.

"일평생 신세만 끼쳐 죄송했습니다."

투명하리만큼 하얀, 자기 의지의 선택.

난생처음

스스로 찍어내는 마침표

.

○

생애 미련

아무도 내게 죽어야 한다고 말하지 않았지만 그러므로 더욱 죽어야 했습니다. 그 누구도 나를 이해한다며 섣불리 어깨를 토닥이며 말을 걸어준 사람은 없었지만 그랬기에 더욱 죽어야 했습니다. 타인이 가시 손으로 내 등을 어루만지며 나를 이용하려 들었을 때 나는 그걸 알면서도 기꺼이 이용당했습니다. 그래서 죽어야 했습니다. 사람을 사랑한 게 아니라 운명이 사랑으로 가장한 사람을 믿었습니다. 목울대에서 눈물로 자란 사람이 아직도 순수하게 사랑이나 믿습니다. 동화 속에나 나올 법한 이야기 아닙니까? 그러니까 죽어야죠. 그래서 죽어야 했던 겁니다. 죽어야 하는 이유는 돌무더기를 뚫고 나온 나무처럼 쉼 없이 가지를 뻗어대며 나를 몰아세웁니다. 내가 정말 살고 싶었던 모든 순간은 부정당했습니다. 내가 믿었던 사랑은 병이고, 치레였습니다. 나는 겉치레에 당하고 말았습니다. 이제는 내 이름도, 얼굴도, 거울에 보이는 모든 사실마저 진실이 아닌 것으로 비칩니다. 두 눈을 감을 때만 살아있고, 눈을 뜰 때면 언제나 죽어 있습니다. 고개를 푹 숙이고 세상을 외면할 때부터, 모든 것이 질려버려 숨을 쉬는 사실조차 역겨웠습니다. 언제나 살고 싶었지만, 그러기 위해서는 죽어야 했습니다. 그래서 죽은 것입니다. 다른 거창한 이유가 있던 게 아닙니다. 정말 누구보다 살고 싶었다는 빛 좋은 개살구가 반드시 죽어야 하는 이유가 되었습니다. 나는 살기 위해 죽은 셈입니다. 이제 남들처럼 한 번 웃어봐도 되겠습니까. 딱 한 번 멋들어지게 웃어보고 싶었는데, 숨이 끊어지던 찰나에야 비로소 잔잔한 미소를 머금고 잠들 수 있었습니다. 그래서 살 수 있었습니다. 찰나의 순간만이라도 웃으며 살 수 있어서 행복했습니다. 그래서 살아 있습니다. 아직도.

개미들의 교차로

살기 위해 써 내려간 처절한 숨소리가 내 글에 개미처럼 달라붙는다. 징그럽기만 한 개미떼가 내 숨결에 달라붙어 무엇 하나 달콤한 게 없다며 웅성거린다. 나는 개미 하나 죽이지 않기 위해 입을 굳게 다문다. 내가 쓰는 글은 윗입과 아래 입을 건너게 하는 개미들의 교차로다. 죽어야겠다는 충동과 그래도 살아야지 하는 정신이 부딪히는 충돌이다. 개미떼는 윗입과 아래 입을 번갈아 떼 지어 움직이며 나의 의지를 갉아먹는다. 입을 열고 말하고 싶은데, 나는 무엇을 하고 싶고 또 어떻게 움직여야 하는지, 간절히 외치고 싶은데, 여전히 침묵을 지킨다. 변명은 늘 내 입을 떠도는 개미떼다. 나는 단 하나의 개미도 죽이고 싶지 않아서, 내 치아 사이로 빠져드는 불운한 개미의 불행을 결정짓는 운명론자가 되고 싶지 않아서, 입을 굳게 다문다. 타인의 불행은 언제나 불운한 것이다. 내가 입만 굳게 다물고 있다면, 개미들은 언제나 웅성거리며 입술의 교차로를 지나갈 수 있다. 대가는 나의 불행이다. 내가 쓰는 글은 달콤하지 않은 나의 숨결이 향긋한 꿀처럼 달라붙어 있다. 언제라도 개미떼는 허상을 쫓아 지나갈 수 있다. 그래서 입술이 부풀어 오르다 이내 터져 잇몸이 훤히 드러난다 해도, 나는 입을 굳게 다문다. 내가 쓰는 글이 너무 아프다. 내 심장을 터뜨린다. 캄캄한 밤을 걷는다.

○

절망 끝에 선 당신은
바람이었나, 하늘이었나,
달이었나

　굳게 닫힌 문을 밀려고 할 때마다 세상 너머의 사람들은 전부 귀찮은 듯 손사래를 쳤다. 나로서는 이해할 수 없는 순간투성이다. 생명이 달린 일이다. 이 문을 넘어야만 다음 관문으로 나아갈 수 있는 사람이 있다. 오늘 먹어야 할 양식이 다 떨어지기 전에 돈을 벌어야 하는 일이다. 요즘 세상에 일용할 양식이 없어 밥을 굶는 사람이 어디 있냐고 반문하는 사람도 있을 것이다. 하지만 삼시 세끼를 온전히 챙겨 먹는 것보다 중요한 것은 매일 저주받은 운명처럼 찾아오는 매 끼니 시간이다. 이번에는 무엇으로 끼니를 때워야만 하는가. 하루에 세 번씩 매일을 운명처럼 걱정해야 하는 청춘이 분명 존재했다는 사실을 절망 끝에 선 당신은 알았던가.

○

바람, 하늘, 달

푸석한 아침이었다. 습습한 반지하 방 창문 사이로 가냘 픈 햇빛 한 점이 침대 위로 스며들어 나를 간지럽힌다. 아침 아홉 시쯤 되었겠거니 생각했지만, 벌써 시간은 점심시간이 훌쩍 지난 후였다. 지난날에는 정형외과에서 야간 당직을 했다. 한 달에 15일을 퐁당퐁당으로 당직을 섰다. 주사실에 있는 간이침대에 누워 잠을 자면서 매달 40만 원이라는 돈 과 함께 저녁 식사도 덩달아 해결할 수 있는 병원 당직 일이 대학교를 다니며 병행하기에는 더할 나위 없는 좋은 일터였 다. 병원에서의 근무도 딱히 어려움은 없었다. 키가 잘 돌아 가지 않는 구형 엘리베이터의 전원을 끄고 켜는 일과 입원 환자들의 외출을 막는 일 그리고 아침마다 쓸고 닦는 청소. 물론 이따금씩 입원 환자들이 극심한 통증을 호소해, 새벽 부터 원무과장님과 병원장님께 부리나케 수십 통씩 전화를 걸어야만 했던 일 정도를 제외하면 말이다.

어느덧 5월이 다가왔다. 스무 살이 되고 처음 맞이하는 어버이날이 달력 사이를 쏜살같이 빠져나와 당장 내일로 찾아왔다. 병원 당직 일로 받은 40만 원이라는 돈은 내 전재산이었다. 대학 생활에 드는 모든 일을 이 돈으로 해결해야 했다. 대학 교재부터 식비 그리고 가끔 친구들과 외식하며 즐기는 모든 일까지, 늘 부족함에 허덕여야 했다. 어버이날이라고 해서 별다르지는 않았다. 부모님을 대신하여 키워주신 할머니, 할아버지께 이제껏 작은 선물 하나 드리지 못했다. 성인이 되고 처음 맞이한 어버이날을 앞두고 깊은 고민에 빠졌다. 어떤 선물을 드려야 옳을까? 다음 날 통장에 들어온 돈은 40만 원이었다. 나는 고민할 새도 없이, 흰 봉투 두 장에 할머니와 할아버지의 성함을 적고 10만 원씩 용돈을 담았다. 우체국으로 달려가 우편 접수를 하면서 내용물에 '어버이날 선물 현금'을 적은 게 실수였다. 우체국에서 우편 접수를 하지 않는 반려 사유가 바로 현금을 보내는 일이기 때문이다. 돈이 든 우편은 도난의 우려가 있어 접수하지 않는다고 했다.

다음 날, 내용물을 편지로 바꿔 다시 우편을 접수했다. 이제 수중에 남은 돈은 20만 원뿐이었다. 이제는 20만 원으로 지긋지긋하도록 펼쳐질 앞으로의 고비들을 막아서야 한다. 앞으로 30일간의 식비며 생활비 그리고 이따금씩 들 교통비까지 아아, 단돈 20만 원 선에서 다 해결을 해야만 한다니 벌써부터 머리가 지끈거리며 아파온다. 하지만 훗날 돌이켜 생각했을 때, 스스로를 고문하던 일로 비친 스무 살의 어버이날이 지금의 나에게는, 이제껏 살면서 후회하지 않을 가장 큰 선택으로 남아있는 건, 역시나 내가 불행해야 내 가족이, 타인이 행복할 수 있다는 내 운명을 증명하는 기치가 되어서는 아닐까 하는 불운한 생각이 들기도 하는 것이었다. 결국, 돈은 한 달이 채 지나지 않아 바닥나고 말았다. 통장에는 800원이 들어 있었고, 반지하 자취방에는 물 한 모금조차 남아있지 않았다. 편의점에 가 제일 싼 물 한 통을 집는 게 그토록 죄스러웠다. 나는 쭈뼛거리는 동작으로, 범죄를 저지른 사람처럼, 고작 500ml 물병을 하나 쥐면서 카드 결제가 되느냐고 조심스레 물어보았다. 400원짜리 물건을 사면서 카드 결제를 해야 하니 내심 눈치가 보였던 것이다. 이전에 3천 원어치 물건을 사면서 카드 결제를 한다고, 남는 게 없다며 가게 사장으로부터 한소리 들었던 기억이 떠올랐다. 나름 억울했지만, 아무 말 하지 않고 잠자코 있었다. 그런데 400원을 카드 결제해야 하는 순간이 올 줄이야, 그럼에도 싫은 기색 없이 "그럼요"라는 짤막한 대답과 함께 계산을 받아준 점원분이 내게는 천사와 다름없었다. 결국,

500ml 물을 한 통 손에 쥔 것에 불과했지만, 세상 모든 바닷물을 끌고 온 것처럼 의기양양해지는 마음이 들었다. 적어도 목은 축일 수 있었으니까. 정말 당연한 일인데도 행복한 웃음이 지어졌다.

가난은 내게 하루라는 것이 얼마큼의 눈물로 가득 차야지 빗물에 휩쓸려 오늘을 어제로, 지금을 내일로, 이끌어 줄 수 있는지 가르쳐 준 참된 스승이셨다. 물을 한 통 사고 집에 온 날 저녁, 선반에는 먹을 것이 하나도 남아 있지 않았다. 이럴 줄 알았으면 생수 대신 라면을 살걸. 400원이 남은 카드로는, 흔한 껌조차 살 수 없다. 나는 심히 곤혹스러웠다. 침대 밑에 어디 떨어진 동전은 없을까? 지폐를 갈구한 것도 아니다. 단돈 500원! 500원짜리 동전 하나면 충분했다. 간절한 마음으로 단돈 500원을 찾아 집을 수색했다. 형광등이 결코 비출 수 없는 흰 먼지 자욱한 침대 밑을 효자손으로 벅벅 긁으며 구석구석 뒤졌지만 나오는 것은 실타래처럼 엉킨 솜뭉치와 시커먼 먼지 자욱들뿐. 밖에는 화창한 봄이 찾아왔지만, 나는 장롱을 열고 겨울 점퍼부터 꺼내 들어야만 했다. 두툼한 옷들을 전부 헤집어 꺼내 들고 주머니를 뒤집어 내던 내게 봄은 증발한 지 오래였다.

내가 미처 잊어버리지는 않았을까. 계절에 맞지 않는 지금의 어느 순간 속에 돈이 들어있길 간절히 바랐지만, 그 어디에도 돈은 나오지 않았다. 주머니 속 하얀 먼지만이 나풀거리며 땅으로 꺼질 뿐. 나는 떨어지는 하얀 먼지와 같이 고개를 처참히 떨군다. 컴퓨터 앞 책상에 숨어있는 100원짜리 동전 네 개가 집안을 대청소하면서 발견한 유일한 현금이었다. 마트에서 파는 제일 싼 라면은 450원이었다. 결국, 50원이 부족해 그날 저녁을 굶었다. 이번에도 역시나 지은 죄도 없이 고개를 푹 숙였다. 나는 죄인인 걸까. 정녕코? 그렇다. 그렇지 않다. 스스로를 두고 둘러싼 내 영혼의 대립이 나를 더욱 비참하게 만들었다. 이런 일로 더는 울고 싶지 않았다. 무엇 하나 탓하며 책임을 돌리고 싶은 일 따위 또한 만들고 싶지 않았다. 반지하 자취방의 문을 열고 고개를 푹 숙인 채 무작정 밖으로 빠져나왔다. 이제껏 한 번도 갈 생각을 하지 않았던 원룸 빌라의 옥상이 그날따라 눈에 들어왔다. 회색 시멘트가 군데군데 갈라진 원룸 빌라의 계단을 밟아 옥상으로 향했다. 빨랫줄이 매달려 있는 마른 회색 시멘트 바닥에 대자로 누웠다. 이유는 없다. 지금 생각해 보면, 배 째라 하는 마음 아니었을까? 아니 사실 그 이유는 아니었을 것이다. 그렇다면 무엇 때문이었을까? 그저 아무 생각도 하고 싶지 않아서였을까? 어쩌면 울음을 참아내기 위해 하늘을 이불처럼 덮고 자고 싶었을 수도.

　그날 저녁, 우연처럼 찾아든 원룸 빌라 옥상에서 나는 평생 잊을 수 없는 눈물진 기억을 하나 맺고야 마는데, 밤의 안개가 몰려오면서 노을 낀 저녁, 불그스름한 하늘이 시커 멓게 물들 때까지, 나를 찾아온 예상치 못한 손님들로 인해 더는 슬퍼하지 않을 수 있었기 때문이다. 나 자신을 책망하며 서러운 순간을 갖기도 전에, 바람 한 줄기가 형체도 없이 다가와 내 곁을 맴돌았다. 옥상 밖 세상에는 사람들이 한데 모여 술을 한잔 즐기고 또 소리 지르는 취기의 즐거움이 비명처럼 울려 퍼졌다. 이웃집엔 밥 짓는 냄새와 함께 저녁을 맞아 가족이 한데 모여 반찬 그릇에 숟가락이 부딪치는 소리까지, 그리고 이 모든 소리가 한데 섞여 시커먼 연기처럼 밤하늘에 피어오르던 순간. 깊은 밤이 찾아왔을 때 세상은 잠든 것처럼 고요했다. 그때 내 인생에서 한 번도 제 얼굴을 보여주지 않던 노을 낀 저녁 하늘이 처연하게도 제 모습을 비춘다. 덕분에 시커먼 밤이 더는 무섭지 않을 수 있었다.

늘상 불어오던 바람조차 내 곁을 둥글게 불며 자신의 모습을 드러내 주었다. 달은 꼭대기에 별처럼 박혀서 내 옆을 지켜주었다. 하늘과 바람과 달의 맨얼굴을 처음으로 바라볼 수 있었다. 그들은 내 오랜 친구들이었다. 나는 이제껏 그들에게 한마디 말을 건넨 적 없지만, 그들은 줄곧 내 곁으로 다가와 말을 걸어주었다. 아무 말 없이 나를 안아준 무형의 사랑이었다. 형체는 없지만 분명 느낄 수 있다.

그날 캄캄한 자취방 지하 속으로 파고 들어가 이불을 뒤집어쓰고 눈물로 나 자신을 숨겼다면, 결코 만날 수 없을 친구들이었다. 나는 역설적으로 가장 슬픈 순간에 당당히도 가장 높은 곳을 올라가, 밤하늘을 쳐다볼 수 있었다. 그리고 내 곁을 찾아와 나를 안아준 슬픔은 빗물처럼 나를 동그랗게 몸을 말아 슬퍼 지새우게 두지 않았다. 하늘에는 밝은 달빛이 캄캄하도록 눈이 부셨다. 바람은 어찌나 따스하던지, 눈물마저 황홀하게 내 안에 스며들게 두었다. 그날 나를 원룸 빌라 옥상으로 불러낸 하늘과 바람과 달은 내게 말했다. 말없이 그대를 안아주고자 나를 이곳에 불러냈다고. 그러니 더는 울지 말라고. 나를 토닥이던 5월의 어느 저녁 날, 친구들과 한데 모여 원룸 빌라의 옥상에서 우리는 서로의 숨결을 귀에 가까이 대고 잠을 이루었다. 그래서 이제껏 살 수 있었다.

○

외딴 인간

만악의 근원이 술이라고, 사람들에게 술을 멀리할 것을 권유하였으면서, 그래. 늘 그랬듯 내 삶은 핑계로 흘러갈 뿐이다. 모순. 그게 내 진짜 이름일지도 모르겠군. 젠장할, 글을 쓴다는 게 알코올 중독을 면할 핑계가 되지는 않아. 나는 내 안에 넘쳐흐르는 슬픔을 두 눈으로 흘리는 눈물만으로는 도저히 감당할 수 없었다. 살기 위해 글을 썼어요. 그래. 당신들에게 변명한다. 나는 당장 술을, 술을 찾아야만 한다. 술을 마시고 오른 취기의 즐거움보다 매 순간 공허한 가슴을 채워줄, 무언가 의존할 대상이 필요하다. 울컥울컥 슬픔을 토해내는 내 두 눈은 너무 많은 바다를 감당해내야만 했다. 결국, 한쪽 빛을 잃어만 간다. 젠장할. 아버지 죄송합니다. 얼굴도 기억나지 않는 당신의 술병이 늘어진 자리에서, 나는 술에 젖어서 당신과 같은 파멸로 향하고 있습니다. 한

204

쪽 눈을 영영 잃어버릴지 모릅니다. 내 이야기는 팔리지 않는 쓰레기에 불과했습니다. 기부조차 하지 않고, 전부 폐기 처분이나 당하는, 주인이나 닮아버린 글. 아아, 젠장할. 정말 살아내는 것이 이토록 버거우리만큼 역겨울 줄이야! 태어나지 말았어야 했다! 젠장할! 아버지, 죄송합니다. 세상으로부터 공격받고 있습니다. 어머니는 술을 드실 때마다, 아무 죄 없는 어린 자식을 붙들어 놓고, 울며 하소연하셨죠. 나는 아무 잘못이 없습니다. 술을 마시며 나를 두들겨 패는 아버지와 하염없이 눈물 흘리며 나를 불타는 듯한 고통에 밀어 넣는 어머니로부터 내가 할 수 있는 거라곤, 소리 없이 굵은 물방울을 뚝 뚝 떨구는 일뿐이었습니다. 아아, 젠장할! 죽어야겠다. 이번 생은 실패입니다. 죄송합니다. 할 수 있는 건 아무것도 없었습니다. 태어나서 죄송합니다. 살아 있어서 죄송합니다. 아직까지도 저는 죽지 못했습니다. 살아있는 죄를 짊어진 죄인이 머리에 이고 살 하늘은 없었습니다. 나는 다만 괴기스러운 저주였습니다. 나는 인간이 아닙니다. 나는 도저히 인간이 될 수 없습니다. 외딴 인간. 나는 외딴 인간에 불과해서 같은 인간이라는 족속에조차 속하지 못합니다. 반드시 죽어 없어져야 할, 오래전에 절멸했어야 할 구인류에 불과했습니다.

○

오직 간절한

소원이라 함은

내 필경의 가장 갈구하는 소원이 하나 있다면, 그건 작가가 되는 일도 아니고 베스트셀러를 만들어 내는 일도 아니다. 그저 다자이 오사무처럼 피를 토해 죽지 못해 대신 자기 작품을 피처럼 써낸 뒤, 스스로 목숨을 끊지만 않는 일이다. 오직 죽지 않는 것이 내 필생의 가장 간절한 소원이 되어버린 나로서는, 이 인간 세상에 나란 놈이 도저히 어울리지 못하는 자라는 걸 드디어 깨닫고야 말았다.

차갑도록 단단한 지면에 발을 딛고 서 있는 나라는 인간은 물컹한 솜보다 더 유약하고 보잘 것이 없어서, 모두가 이글거리는 불속에 들어가 기꺼이 시커먼 잿가루가 되는 고통을 감내하는데도, 혼자서만이 눈물처럼 타는 걸 거부한 채 계속해서 밑으로 흘러내리기만 했다. 나는 한심하기 짝이 없는 슬픔에 불과했다. 나는 다만, 불행히 인간으로 태어났을 뿐이다. 나는 인간 세상에 태어나선 안 되는 인간. 인형이 인간으로 태어난 것과 다름없는 이상함. 너무나도 유약하고 연약한 나는, 눈물 흘리는 일 이외에는 해낸 게 아무것도 없는 존재 상실. 무쓸모. 불합격. 실패. 인간으로서의 존재 가치 탈락. 왜 인간으로 태어났는지 모르는 불행한 인간 밖의 존재. 큰 키와 허연 얼굴은 모순으로밖에 설명되지 않는다.

나는 스스로가 너무 혐오스러워 견딜 수 없다. 이런데도 살아야 해? 살아야 한다니. 이제는 미친놈처럼 나를 조롱하며 껄껄거리며 웃는 일 이외에는 할 수 있는 일이 없다. 오직 간절한 소원이라 함은 부자가 되는 일도, 행복을 구걸하는 일도 아니었다. 그저 스스로 글을 피처럼 토해내고 죽지 못하는 일이다. 아니, 죽는 일이다. 나는 길 잃은 기러기 떼에서도 어울리지 못해 혼자 튕겨 나온 새. 인간 세상 어디에도 속하지 못한다. 나는 몸서리치는 고통에 소리친다! 자신을 향한 외침이었다.

용서만이, 용서만이 내가 할 수 있는 최고의 복수다.

자기혐오

사는 것에도 실패, 죽는 데에도 실패!

잘못된 선택을 한 대가는 혹독했다. 나 같은 건 인간으로 태어나지 말았어야 했다. 태어나지 말았어야 했는데, 인간으로 태어나버려서, 살아있지만 살지 못하고, 죽으려 해도 나약해 죽지 못하는, 저 나약한 놈. 조소 섞인 비난을 한몸에 받고 이번에도 역시나 고개 들 수 없는 치욕감에 깊게 빠지는 절망감만 지닌 인간. 그토록 치욕스러운 시간을 보내고도 한 달 가까이 누워서만 지내는 형벌을 치르고 나서야 끔찍한 선택을 시도한 죗값을 치를 수 있었다. 나 같은 건 겁이 많아서 죽지도 못하는 놈이다. 어쩌다 인간으로 태어났을까? 개나 벌레로 태어났으면 딱 맞았을 존재. 형광등을 보면 자신이 왜 죽는지도 모르고 돌진하는 저 하루살이처럼, 나는 고뇌해야 하는 인간과는 전혀 어울리지 않는 가짜.

인간으로 태어난 모든 존재는 사유하고 번민해야만 하는 운명을 견뎌야 하지만, 나는 인간이 아닌 모조에 불과했다. 그무엇도 할 수 있는 건 없었다. 세상에 속하지 못한다고 생각해서, 인간 세상에 어울려 울지 못해서, 집에서조차 그렁그렁 맺히고야 마는 눈물을 끝까지 흘리지 못한, 그러니까 가공된 허구적 인물 같은 괴이함. 거울을 볼 때면 피카소의 자화상처럼 기괴하게 뒤틀린 한 남자가 늘 서 있었다. 타인의 호의에 늘 선의의 미소를 지으려 애쓰지만 어째 내 가식적인 입꼬리는 웃지도 못하고 울지도 못하고 서 있는데, 한쪽은 위로 올라가고 또 한쪽은 처절하게 내려가 있는 모습이아주 기괴하게만 보여서 나는 소름이 돋아 거울을 쳐다보지않는지도 꽤 오래되었다. 서커스의 광대처럼 우스꽝스럽기보다는 혐오스러움에 가까웠다. 누구도 내 얼굴을 쳐다보지않게 하려고 스스로 얼굴을 뜯어고친 것만 같은 그로테스크함 그 자체였던 것이었다. 일그러진 수면의 물결처럼, 거울에 비친 나는 늘 평면적이지 못하고 뒤틀리고 비틀려서, 꼬인 실타래를 뭉텅이로 펼쳐놓은 듯했다. 아아, 그런 내 안에는 슬픈 강이 흐른다. 나도 모르게 풍랑이 치는 날이 오면, 울컥하고 가슴이 세차게 뛰어오른다. 그럴 때면 울음을 참을 수 없다. 죽음으로 달려가는 하루살이처럼, 나의 원래 모습처럼, 나는 계속해서 죽기 위해 뛰어드는 것이다. 강물에 뛰어들고 바다에 달려드는 것이다. 그러다 나무에 매달리는 것이다. 끊임없이 죽는 것이다. 아아, 내 안에는 슬픈 강이 흐른다. 풍랑이 불 때면, 나는 하루살이의 운명처럼, 불만 보면 죽음을 잊고 달려드는 것처럼, 아아, 나는 죽음을 향해 맹렬히 돌진하는 사람의 모습을 한 하루살이에 불과했다.

나는 슬픔이자 눈물, 내 삶은 울음이었다.

○

슬픈 강

두 눈을 감고 가슴을 칠 때면 지평선 너머 나만의 슬픈 바다가 일렁인다. 울컥이며 넘실대는 눈물로 채워진 나만의 강. 내 안에는 슬픔으로 향하는 강이 있다. 세상은 온전히 차가운데, 나는 뜨거운 눈물을 흘리는 일이 다다. 같이 차가워지면 좋으련만, 나는 뜨거운 눈물을 흘리는 일이 다다. 세상이라는 이름이 지옥이라는 걸 깨닫기까지, 참으로 많은 상처가 맺힌 밥만을 먹으며 욱신거려야 했다. 눈물진 삶은 슬픔이 부는 강으로만 향했다. 내가 할 수 있는 일이라곤 뜨거운 눈물을 흘리는 일이 다다. 남을 속여서 잘 먹고 잘 사는 건 애당초 고려하지 않았다. 결국, 뜨거운 눈물을 흘리는 일이 다다. 내 안에는 샘으로 흐르는 눈물이 있다. 그래서 뜨거운 눈물을 흘리는 일이 다다. 세상을 탓하기엔, 지옥을 원망하는 사람은 아무도 없으니까. 나는 또다시 뜨거운 눈물을 흘리는 일이 다다. 내 안의 샘물은 뜨거운 슬픔이 목울대에서 데워져서 소리 없이 진동하는 샘이다. 다시 슬픔이 부는 강으로 흐르는 일이 다다. 내 안에는 더 이상 내가 없다. 모든 것이 비워질 때마다 공허한 눈물을 대신해서 흘리는 일이 다다. 내 안에는 피와 심장이 녹아서 생긴 뜨거운 눈물이 길을 이룬다. 결국 슬픔으로 향하는 강으로 걸어가는 일이 다다. 언제 도착할지 모르는 북망행 배편을 기다리며 뜨거운 눈물을 흘리는 일만이 다였던 나는, 내 눈물이 짓는 슬픔의 강 앞에 서서 언제 끝날지 모르는 이 비극 앞에 절절히 아파한다. 언제나 뜨거운 눈물을 흘리는 일은 내 세상의 전부에 불과했다. 결국, 나는 뜨거운 눈물만을 흘리며 세상에 비처럼 내려와 한세상 울다만 갔다. 마르지 않는 눈물샘이 바다처럼 슬픔에 젖어들어서, 나는 숨을 쉴 수가 없다. 확 죽어버려야겠다. 끝나지 않는 슬픔을 한세상 고이 접어두고서, 나는 뜨거운 눈물을 흘리는 일만을 다해왔다. 이제는 온전히 숨을 마시고 뱉어내는 것만이 유일한 소원이 된 나는, 비가 올 때만 더는 울지 않은 척할 수 있다.

아아, 그런 내 안에는 슬픈 강이 흐른다. 언제부터인지 모를 바다가 출렁이며 내 안을 가득 채운다. 목 아래까지 울컥거리는 파도는 목구멍을 출렁거리며 차오른다. 나는 눈물로 만들어진 샘이다.

두 눈을 지그시 감는다. 바람이 불어오는 대로 생각을 흘려보낸다. 불어오는 바람이 모든 것을 가져가 주기를 간절히 바라면서. 바람이 불어오는 대로 몸을 움직인다. 단지 그뿐이다.

가짜 기쁨, 가짜 행복, 가짜 인간.

눈물샘이 벌겋게 끓어오른다. 뜨거운 눈물만을 다시 흘리는 일이 다인 나는 절대 울지 않는다.

두 눈을 감은 볼 사이로 눈물은 느껴지지 않는다.

○

한쪽 눈

우리 집 쌀통에는 개미가 들끓었다. 엄마는 알코올 중독 자였다. 쌀을 버리기는커녕 저주를 퍼부으며 개미를 최대한 물에 흘려보내며 씻어내기 바빴다. 내가 먹는 흰 밥에는 늘 검은 개미가 떠다녔다. 나는 개미 한 마리조차 죽이지 못할 정도로 유약하게 태어난 아들이라서, 늘 숟가락을 들기도 전에 불쌍한 개미를 위해 기도할 뿐이었다. 반찬은 작은 뚝배기에 담긴 된장찌개. 일주일간 냉장고를 지키고 있는 쉬어빠진 국물에 다 부서진 두부 몇 조각이 담긴 게 다였다. 엄마는 늘 밖에서 밥을 해결하셨다. 집에 혼자 남아 있는 아들은 늘 엄마 대신 남겨진 음식을 먹어야 했다. 신발은 너무 오래 신어서, 냄새가 빠지지 않았다. 이따금씩 집에 초인종이 눌리면 생전 처음 보는 남자가 집으로 찾아왔다.

모진 바람이 불던 겨울날이었다. "누구세요."라는 말과 함께 추위에 벌벌 떨며 문을 열었을 때는, 배불뚝이 아저씨가 술에 취한 듯 문 앞에 서 있었고 엄마의 친구를 자처했다. 나는 뒤돌아서 누가 찾아왔다 큰 소리로 외쳤고 엄마는 당황한 듯, 짐짓 화가 난 듯한 눈빛으로 외투도 걸치지 않은 채로 현관문 밖으로 성큼성큼 나가, 10여 분의 시간이 채 지나기도 전에 다시 집으로 돌아왔다. 추위를 많이 타는 엄마가 두툼한 점퍼도 없이 혹독한 겨울날 현관문 밖에까지 나가 추위도 잊은 채 떠들어 댔을 이야기는 무엇이었을까.

그것은 분노였을까? 아니면 창피였을까? 그것도 아니라면 집에까지는 침범하지 말라고 하는 경고였는지. 그것조차 아니라면 하나밖에 없는 자식 앞에서 자신의 사생활을 들키고야 만 것이 부끄러웠는지, 나는 아무것도 모른다. 아무것도 모르지만, 그럼에도 나는 어머니를 이해해야만 했다. 두 눈을 감을 수 있다는 건 축복이었다. 누군가의 잘못을 왼쪽 눈으로 인내하고, 오른쪽 눈으로는 이해할 수 있었기에. 그래서 양쪽 눈으로 바라본 세상을 전부 눈감아버릴 수 있었기에. 어쩌면 나는 너무 많은 잘못과 인내를, 그러니까 내가 짓지 않은 나의 죄악. 태어난 죄를 주렁주렁 달고 살아왔기 때문에, 한쪽 눈이 점점 보이지 않는 것이라고. 그러니까 내가 이야기하는 것은 너무 많은 슬픔을 양쪽 눈에 달고 살아서, 이제는 그만 내 눈이 너무 늙고 지쳐 버린 거라고. 그래서 서른의 나이에 이미 내 한쪽 눈은 병든 게 아니라, 시들고 아파서, 어쩌면 앞을 영영 보지 못하게 될 수 있다고.

그럼에도 나는 이 모든 것들을 용서해야만 한다. 슬픔만을 안고서 비를 맞아야 했던 아버지. 술을 비처럼 따라야 했던 어머니. 그리고 나. 태생이 나약해 아무것도 할 수 없는 영혼. 무엇하나 정상적인 건 없다. 세상에 물씬 비린내가 나기 시작했다. 인간. 그것은 나를 세상에 낳아준 어머니일지라도 불행의 씨앗에 불과했다. 이런 내가 글을 쓴다고? 사람들에게 희망을, 위안을, 위로의 손길을 건네겠다고? 하하하, 개가 웃을 일이다. 나는 태어난 죄. 그러니까 내가 태어나기 이전부터 짊어졌어야 할 모든 짓지 않은 죄악. 이 모든 것들을 이미 어머니의 배 속에서부터 잉태한 채로 태어난 저주받은 인간. 아니 죽어 없어져야 할 구인류에 불과하다. 추위에 떠느라 늘 집에서도 목도리를 놓지 않고 살던 엄마가 가벼운 옷차림으로 외투를 걸친 것도 잊은 채 대문을 열고 혹독한 세상 밖으로 나갔을 때, 그리고 다시 집으로 들어오자마자, 냉장고 깊숙이 숨어 있던 소주병을 찾아내 방 안에서 마실 때, 나는 깨달았다. 비참한 생활은, 그러니까 참혹한 인간이라는 것은, 내리는 비에 불과한 것이라고. 내리는 빗방울이 날카로운 화살처럼 세상에 솟구치다가 지표면과 충돌한 이후에야 촉이 부러져 둥근 모양처럼 보이게 되었다는 걸, 그때는 상상조차 하지 못했던 것이라고. 내 어머니는 화살촉처럼 쏟아지는 비를 피할 수 없었던 인간이었다.

엄마는 안주도 없는 작은 원형 테이블에 앉아, 소주를 마셨다. TV에는 발라드 음악 채널이 고정되어 있었고, 슬픈 음악은 쉼 없이 흘러나왔다. 엄마는 분노에 찬 손짓으로 소주병을 쥐고 잔에 따르더니 다음번 손짓에서는 강한 움직임이 곧 작은 파동으로 변했다. 그러다 늘 그래 왔던 것처럼 이내 작은 흐느낌으로 끝이 났다. 엄마의 양손이 바르르 떨리기 시작했다. 그러곤 자신의 얼굴을 감싸 쥐고 TV에서 흘러나오는 슬픈 선율과 같이 울었다. 나는 이번에도 울고 있는 엄마를 바라보며 고통과 치욕에 절규로 몸부림쳐야 했다. 오직 절망과 끝없는 슬픔으로 화답해야만 했다. 내 방을 뚫고 들려오는 어머니의 흐느끼는 울음소리는 나를 살아 있는 지옥으로 계속해서 채찍질했다.

이제 나는 분명 깨달았다. 엄마를 원망해서는 안 된다고, 용서할 수 없는 죄를 지은 건, 모두 다 내 한쪽 눈이 감당할 것이라고. 그래서 평생 앞을 보지 못하는 애꾸눈이 되는 한이 있더라도. 당신만큼은, 당신만큼은 무슨 일이 있어도 내가 다 용서할 것이라고. 아니, 당신이 지은 모든 죄악까지 내가 다 감싸 안고, 깊은 바닷속으로 침묵할 거라고. 그래서 죽은 자조차도 당신에게만큼은 돌을 던지지 못하게 할 거라고. 나는 한쪽 눈을 기어코 첫값으로 던진 이후에야 어머니를 용서하고 대신 나를 평생 원망하며 세상 밖으로 빠져나올 수 있었다. 다시 한번 더 두 눈을 감는다. 칠흑 같은 풍경에서 물줄기가 보인다. 내 안에는 태양조차 뜰 수 없는 곳에서 가장 슬픈 강이 흐른다.

○

신을 직시하는 자리

글을 쓰는 행위는 이 세상에서 자신만이 유일한 사각의 공간에 우뚝 서 있는 일이에요. 나는 신의 형상조차 없는 텅 빈 방 안에 우두커니 서 있어요. 그리곤 스스로 진실할 수 있는가? 끊임없이 되물어요. 결국, 나는 스스로에게 진실할 수 있는가? 진실한 이야기를 써 내려갈 수 있는가? 라는 질문에 아무런 대답을 할 수 없기에 항상 무릎을 꿇고 신을 직시해요. 글을 쓰는 일이란 항상 나 자신을 가리키는 질문으로부터 끝까지 두 눈 감지 않을 수 있는지 직면하는 데서 시작해요. 나는 당연히 그럴 수 있을 거라고 대답했어요. 아무도 지켜봐 주는 이 하나도 없는 공간에서 나는 자신에게 거짓말하지 않을 것이라 확신했어요. 그렇지만 나는 자신을 조우할 때마다 계속해서 내 모든 선택을 합리화했어요. 나 자신을 괜찮은 사람인 척 꾸며내기 급급했어요. 아무도 없

는 공간에서조차 말이죠! 나는 속일 사람이 단 한 명도 남지 않은 순간이 다가오자 결국 자신을 속이고 말았어요. 더 이상 거짓말로 순간을 모면하려는 게 아니라 자신을 세뇌시켰죠! 사실 나는 전혀 괜찮은 사람이 아니었어요.

　신을 독대하는 행위에 진실하지 않은 인간이 서 있을 곳은 없었어요. 무릎을 꿇은 자에게 들 고개는 남아있지 않았죠. 결국 좌절, 절망, 괴로움이 내 안에 남아있는 전부였어요. 나는 신 앞에서 가장 진실한 내 모습을 드러내려고 했지만, 결국 빛은 한 점 찾아볼 수 없었어요. 오직 살지 말아야 하는 구질구질하고 구차한 것들. 차마 단어로 존재하기 흉흉한 것들이 내 안에 가득 차 있었어요.

　'가슴 끝이 공허할 때마다 찾아오는 까닭 모를 슬픔이여.'

　나는 나를 직시해 버렸어요.

　살아갈수록 무언가를 이루어야 하지만, 나는 계속해서 나를 잃어가요. 세속의 미련이라든지 재산, 옷, 물건. 그러다가 이제는 무형의 물질마저. 친구, 가치, 삶의 이유, 존재의 연원. 나라는 사람이 살아야 하는가. 사랑마저도. 아아, 이제는 지긋지긋해요. 아 정말 산다는 게 역겨워요. 이런데도 살아야 한다니, 허탈한 웃음만 나올 뿐이에요.

○

인간 그리고

또 다른 인간

스스로 도태한 자의 오뇌(懊惱)는 무엇을 참회해야 합니까. 나는 인간을 혐오할 줄만 알았지, 내가 혐오스러운 인간이 될 줄은 결코 몰랐습니다.

'인간은 혐오스럽기에 같은 인간을 혐오하는가?'

그렇습니다. 인간은 혐오스러운 존재기에 같은 인간을 혐오합니다. 인간은 모순이며 생애는 기억된 조작에 불과합니다. 철저하게 타인으로 태어나서 내가 아닌 타인에게 나를 투영합니다. 타인의 시각에서 늘 사각의 모서리를 맞추던 나 자신이 영원히 개성을 잃어버렸을 때, 비로소 깨달았습니다. 태어난 건 죄였습니다. 살아가는 건 악이었습니다. 죄악행. 나는 죄악행을 행하기 위해서만 태어난 불순한 존재였습니다. 그것은 모든 인간의 생애를 대신하는 악의적 회피에 불과한 것이었습니다. 살아 있어도 더는 살아 있다고 볼 수 없었습니다. 나는 진정으로 살아 있다고 할 수 없었습니다. 코로 들이마시는 공기와 입에서 튀어나오는 모든 단어들이 전부 바늘처럼 타인을 찌르려고만 하고 있습니다. 내가 의도치 않은 욕망이 나를 혐오스럽게 했던 것입니다. 내가 그토록 증오한, 혐오스러운 인간에 대한 삿대질은 바로 나 자신을 향해 있었습니다. 수차례 반복된 자살시도, 울음바다에 들어서도 내가 죽을 수 없던 이유였습니다. 나는 계속해서 타인을 혐오해야 합니다. 아니, 타인을 혐오하지 않기 위해서라도 끝까지 살아남아 나 자신을 혐오해야 합니다. 태어난 일은 잊고 오직 죽어가는 것에만 몰두해야만 하는 인간이 있습니다. 내가 그렇습니다. 나는 혐오한 인간입니다. 이것이 내 진짜 모습입니다. 이제야 나는 가면을 벗겨내고 추악한 내 진짜 민낯을 쳐다볼 수 있었습니다. 최악이라는 이름을 달고 혼자 서성이는 한 남자를.

겁쟁이

내가 쓰는 모든 이야기는 기억이 추억하는 거리의 공간
이다. 허구의 양식인 글에 빗대어 정말 있었던 것처럼 꾸미
지만, 사실은 한 치의 거짓 없이 전부 선혈을 토하는 심정
으로 적는, 나를 용서하는 행위다. 세상을 이해하는 기도다.
나에게 상처 주고 죽음으로 내몬 자들의 고뇌를 견디는 참
회다. 그러면서 절망 끝에 서 있는 누군가에게 내미는 구원
의 손길이다. "나도 살았잖아." 하고 말을 거는, 키 180의 허
여멀건한 한 남자가 머리에 피를 흘리면서도 아무렇지 않
은 듯 바보처럼 웃어대는 희망법이다. 이제 나는 글을 쓰지
않으면 죽는다. 네가 없으면 내 인생에 의미는 없다. 무엇하
나 포기할 수 있는 건 없었다. 숨을 쉬는 행위가 오롯이 글
을 쓰는 자체가 되어 버린 나는 당신마저 떠나보낸 후엔 인
생의 의미가 통째로 사라졌다. 사실 무엇하나 포기할 수 있

는 건 없었다. 사랑도, 목숨도, 자기 자신도. 아무리 힘이 들어도 타성에 젖어서 술독에 빠져 나를 저버려선 안 되는 거였다. 내가 자살하면 누가 한 떨기 꽃처럼 울어줄까. 아무도 없다는 걸 나는 안다. 나는 혼자다. 죽는다는 건 절대 해서는 안 될 일이었다. 나 자신이 눈물에 갇혀 그렇게 숨을 쉴 수 없도록 내버려두어선 안 되는 거였다. 살아야 했다. 반드시 살아내야만 했다. 이제 와 생각하건대 나는 매번 살아남는 데 성공했지, 자살에 실패한 적은 단 한 번도 없던 것이다. 늘 살아남는 데에만 성공한 나를 더는 패배자 내지는 실패자로 조롱할 필요는 없었지만, 비겁한 겁쟁이는 늘 같은 자리를 서성이며 끔찍했던 기억만을 놓지 못한다. 인간사의 기록은 고통 두 글자만이 기억한다. 용감한 겁쟁이란 단어는 어디에도 존재하지 않았다.

　하얀 눈이 허리까지 쌓여 아무도 오지 않는 깊은 산 속을 헤맨다. 헤매인다. 아무도 오지 않고, 밟지 못한, 허리까지 쌓인 눈보라 속에 들어가서, 나도 모르는 무언가를 찾아 헤맨다. 그것은 눈에 보이는 물질이 아니기 때문에 어디에 존재하는지는 아무도 알 수 없다. 존재를 상실한 나는, 눈에 보이지 않는 것만을 찾아 깊은 눈이 쌓인 숲 속에 빠져 계속해서 헤맨다. 한 걸음도 떼기 힘든 하얀 눈보라가 그려낸 숲에서, 나는 아직 하지 못한 말과 반드시 전해야만 하는 말을 찾기 위해, 있을 수 없는 무형의 존재를 찾는다. 그러곤 눈에 보이지 않는 당신께 그리고 신께 외친다.

내가 존재하는 희망을 잊지 말아 주소서.

그것이 내 인생의 전부가 될지 어니.

아아,

신이시여 부디

세 번째 이야기

○
○
○
○

○
○
○
○

진달래 씨앗에 적힌
자그마한 희망

○

사랑의 전제 조건

누군가를 사랑하기 전에 제일 먼저 고려하는 것은 상대 방의 겉면입니다. 겉에 보이는 단편적인 모습만을 가지고 절대 두 눈에 보이지 않을 이 사람의 성격과 마음까지 '아 어떤 사람이겠구나.' 하고 어림짐작하기 시작합니다. 마치 영화에 대한 줄거리도 읽어보기 전에 포스터만 보고 이 영화는 공포 영화겠거니 하는 것과 다를 바 없습니다. 이러한 내 추측은 한 달 아니 일주일도 채 지나지 않아서 빗나가는 경우가 많습니다. 내가 생각했던 것보다 내 이상형으로 보이던 사람이 더 걱정스러운 사람일 수도, 아니면 너무 안일 했던 사람일 수도 있죠. 그래서 한 사람을 알아간다는 것은 하나의 세상을 새롭게 탄생시키는 것과 같습니다. 서로 다른 두 세계가 만나 서로만을 바라보며 우주를 공행하는 하나의 평행선이 되기까지 얼마나 많은 시행착오가 필요할지

감히 상상조차 하기 힘듭니다.

그래서 저는 당신이 누군가를 사랑하려고 마음먹었다면 먼저 그 사람이 자신의 사랑을 위해 무엇을 포기할 수 있는지 확인해 보라고 말하고 싶군요. 내 평생의 가장 소중한 사랑을 지키기 위해서 역설적이게도 자신의 사랑을 저버리는 모순을 선택할 수 있을 정도로 바보스러운 남자인지 말입니다. 모두가 다 그렇듯이 인간사의 고통은 후회에서 시작됩니다. 우리 모두는 살아가면서 죽어가고 있지만 모두 살아가는 것에만 연연하지, 동시에 죽어가고 있다는 사실은 아이부터 어른까지 전부 망각하며 살기 일쑤입니다. 망각에서 시작한 고통과 후회도 바로 이곳, 잊혀지는 기억 속에서 종지부를 찍기 마련입니다. 그저 우연히 스쳐 지나간 누군가가 내게 이토록 강렬한 영향을 끼칠 인연이 될지, 내 평생 어찌 알 수 있었겠습니까. 우연처럼 시작한 인연이 이제는 필연처럼 번져 결국에는 운명을 이루려고 합니다. 아름답고 눈부신 사랑의 이치 속에서 불행히도 자신의 '일생동안 가장 소중한 사랑'을 지키기 위해 자신이 가장 사랑하는 사람을 자신의 손으로 내쳐야만 하는 운명이 있었습니다.

그런 바보 같은 사랑의 주인공들에게는 공통점이 있습니다. 그들은 진정한 사랑 앞에서 각고의 노력을 다 바친 게 분명했습니다. 그럼에도 진정한 사랑은 공기처럼 투명해서 눈앞에 나타났을 때는 진정한 가치를 모르고 반드시 사라지고 나서야, 돌이킬 수 없는 강물 앞에 선 다음에야, 깊은 탄식과 함께 후회에 빠지게 된다는 것입니다. 정작 내가 가장 비참했을 때 번지수를 잘못 찾아온 진실한 사랑이, 내가 뒤늦게 성공을 해서 돌이켜 보면 헛물처럼 공허한 당신의 빈자리만으로 남아 빗물에 젖어 아무도 앉으려고 하지 않는 의자처럼 외톨이로 서 있었습니다. 그 여자야말로 내 일생에서 가장 소중한 사랑이었다는 것을 뒤늦게 깨달았지만 후회해도 늦었다는 것을 그는 압니다. 오직 공허한 외침만으로 가슴을 치며 절절히 맹세합니다. 인간사의 가장 큰 고통은 후회라는 것을요. 영원히 기약 없는 다음이라는 단어에 자신의 모든 사랑을 바치겠다는 모래알 같은 약속만을 스스로에게 새깁니다.

설령 그가 모든 것이 좋아졌다고 해도, 자신이 열렬히 사랑했던 그때의 여인에게는 돌아갈 수 없습니다. 새로운 사람과 익숙한 장소에서 다른 결말이 예정된 미래를 그려 나가는 그녀의 지금에게 내가 불쑥 나타나선 안된다는 것을 그 또한 분명히 알기 때문입니다. 너만을 사랑했다고, 지금도 너에게는 고마움뿐이라고, 그러니 다시 시작해 보면 어떻겠냐는 말조차 사치라는 것을 그는 분명히 알고 있습니다. 하고 싶었던 모든 말은 오직 가슴으로 곱씹은 채, 자신의 가장 진심 어린 말을 아무도 들을 수 없는 보석함에 숨기고 그는 영영 그녀 곁을 떠납니다.

내가 사랑을 시작하기 전에 사랑은 반드시 온갖 역경과 고난을 극복하고 결실을 이루어야지만 진정한 사랑이라고 여겼습니다. 생각해 보십시오. 서로가 열렬히 사랑한다면 반드시 열매를 맺어야만 하는 게 아니겠습니까? 그런데 막상 사랑을 해보니 지금은 생각이 달라졌습니다. 자신의 일생에서 가장 소중한 사랑을 지켜줄 수 있는 대가로 필요한 것이 나의 희생과 헌신이라면, 어쩌면 내가 떠나주는 것이 그녀를 가장 행복하게 해 줄 수 있는 결말이 될 수도 있겠다는 생각이 들기도 하는 것입니다. 진정한 사랑이라는 것이 때로는 내 평생에 가장 사랑하는 사람과 만나 영원토록 행복을 정원처럼 일구어 가면서 오손도손 사는 것이 아닐 때가 있다는 현실을 깨달은 것입니다.

내가 사랑하는 사람을 고통과 슬픔의 바다에서 건져줄 수만 있다면, 다른 한쪽에서 자신의 행복과 기쁨을 희생과 헌신으로 맞바꾸어가며 내 운명 같은 사람을 지켜주는 것 또한 진정한 사랑입니다. 바보 같은 남자들의 멍청한 사랑 방정식은 제게 희생과 헌신을 다시 한번 더 가르쳐줌으로써 진정한 사랑이 무엇인가에 대한 참뜻을 일깨워주었습니다.

그러니까 당신이 누군가를 만나 사랑을 하려고 마음먹

232

었다면 먼저 그가 자신의 사랑만을 채우려고 하는 욕심쟁이
인지 아니면 나의 사랑보다 당신의 행복을 우선시하는 헌신
적인 사람인지부터 확인하십시오. 진정 사랑을 아는 이라면
그 결말이 어찌 되었든 오직 당신의 행복만을 위해 모든 것
을 불사를 것입니다. 때로는 사랑이란 그토록 처절하리만큼
아파서 아름다운 것 같습니다. 밤하늘이 캄캄할수록 저 별
들이 더 빛날 수 있는 것처럼 말이죠. 그러니 이 글을 읽는
여러분께서도 부디 당신을 빛나게 해 줄 사람을 만나 그 사
람이 펼쳐주는 무대에서 사랑을 연기하는 환상의 배우가 되
길 빕니다.

○

만악의 근원

여러분에게 만악의 근원은 어떤 의미인가요? 제게 술이란 만악의 근원으로 태어나서 죄의 원천을 잉태케 하는 씨앗입니다. 표현이 조금은 과격할지 모르겠습니다. 그렇다면 제 이야기를 조금만 더 경청해 주십시오.

한 사람이 조심성을 잃고, 순간의 인내마저 상실하게 만드는 원인은 항상 판도라의 상자에 숨어있던 감정처럼 제 모습을 찾을 수 없습니다. 마찬가지로 누군가를 감옥에 갇히게 하는 가장 큰 원흉은 언제나 작은 시비에서부터 출발합니다. 술을 마시면서 의도했든 의도하지 않았든 내 이성이 잠시 마비되고, 그때까지 내가 잘 참아오던 욕구들이 오랜만에 시퍼런 두 눈을 뜨기 시작할 때, 무엇보다 내게 중요한 일은 나의 감정을 있는 그대로 펼치는 일이 됩니다. 고개를 한 번 푹 숙이고 인내하면 끝날 문제를 술이 한 잔 들어

가면, 인내 대신에 주먹이 작용, 반작용의 법칙처럼 튀어나오기 마련입니다. 이성은 마비되고 본능만이 눈 뜬 사람에게, 참으라고 하는 건, 물속에 사는 고기에게, 물 밖에서 숨을 쉬어 보라며 조롱하는 것과 같은 이야기니까요.

들판을 휩쓴 조그마한 불씨가 갑자기 산을 통째로 태워 버리듯이, 술기운에 용기 내 휘둘렀던 자그마한 육두문자와 소심했던 주먹질이 어느새 소주병을 깨고 상대에게 위협을 가하며 "다 죽여 버린다."라는 말도 서슴없이 내뱉을 정도로 공포에 치닫게 됩니다. 나도 모르는 새에 나는, 강력 범죄 용의자가 되어 이전까지 수십 년의 인생을 전과 하나 없이 살았다 해도, 단 한 번의 실수. 술로 빚어진 죄의 씨앗으로 인해 결국 초범이라 할지라도 구치소에 수감됩니다. 이 일로 인해 사랑하는 사람과 헤어지거나 이혼해야만 할 수 있습니다. 평생 내가 걸어온 길 끝에 결실을 맺은 직장에서 불이익을 받아 진급이 불가하거나 퇴사해야만 하는 일이 벌어질 수도 있습니다.

그리고 술이 깨면, 지난날의 과오(불과 12시간 전에 있었던 일) 를 뼈저리게 후회합니다. 내가 왜 그랬을까 하고, 아무리 자책해 봤자, 이미 엎질러진 물은, 조각나고 깨진 파편 사이에 전부 스며들어 영원히 주워 담지 못합니다. 스파크가 튀길 일이라 해도, 내가 조금만 더 양보했다면, 그날은

화기애애한 분위기로 마무리되었을 텐데, 내가 지금 자고 일어나는 곳이 캄캄한 시멘트 바닥이 아니라, 우리 집 이불이었을 텐데, 하는 후회막심한 생각이 파도처럼 나를 덮칩니다. 그리고 원망을 합니다. 같이 있던 사람들, 혹은 몰랐던 사람일지라도, 왜 나를 말려주지 않았을까? 가게 사장부터 아르바이트생까지, 애꿎은 이들의 얼굴을 떠올리며 자꾸만 탓합니다. 결국, 잘못은 스스로 해낸 거지만, 탓은 엉뚱한 사람만 붙잡고 늘어지기 마련입니다. 이것이 인간입니다. 극한의 상황에 몰릴수록 자신의 잘못을 가슴 치며 반성하기보단, 나를 말려주지 않고, 방치한, 세상과 사람들에게 원한의 화살을 쏘아 붓습니다. 하지만 이러한 분노도 잠시, 곧 있을 가족이나 소중한 사람들의 면회에 억장이 무너집니다. 그러곤 마음을 다잡습니다. 술이 원수다! 두 번 다시 술을 마시지 않겠다고 천추의 한을 다집니다.

　우리 아이는 참 착한 아이인데, 그날 술을 잘못 먹고 실수했나 봐요. 네 그렇습니다. 감옥에 갇힌 대다수의 사람이 순간의 화를 억누르지 못하고, 폭발해 버린 탓에 이성을 잃었습니다. 다시 두 눈을 떴을 때는, 상대가 피를 흘리며 바닥에 쓰러져 있거나, 타인에게 극심한 손해를 끼친 후였습니다. 만악의 근원은 언제나 술이었습니다. 인간의 탐욕과 어리석음. 그리고 분노는 미움과 시기, 질투를 비롯하여 늘 인간의 영혼에 탑재되어 있었습니다. 우리는 이성이라는 수단으로 언제까지나 이 모든 욕망을 억누를 뿐입니다. 하지만 술이 한 잔 들어가는 순간, 판도라의 상자에 갇혀있던 악의 씨가 줄기를 뻗어 나가게 하는 것처럼 악마의 손길은 내 악의적인 본능을 교묘히 혼합하여 새로운 나를 탄생시킵니다.

사랑이라는 감정이 왜곡되어 삐뚤어지게 하는 데에도 술은 항상 빠지지 않았습니다. 순수하게 사랑하고 아껴주는 것이 평생 함께하고 싶다는 뜻으로 알았습니다. 서로의 미소를 머금은 얼굴을 매일 확인하는 것이 사랑의 정의인 줄로만 알았습니다. 하지만 순간의 욕정을 사랑으로 치환하여, 발정 난 개떼처럼 달려들듯 안절부절못하게 하는 것 또한 언제나 술이었습니다. 아무 죄 없는 내 앞의 여성은 흉악한 간계를 숨긴 내 정체도 모르고 그저 술 한잔하며 상쾌한 기분을 내고 싶어 술자리에 나온 게 전부였습니다. 곧 욕정에 눈먼 내게서 어떤 끔찍한 일을 당할지도 모른 채 말입니다. 이런 말을 하는 내가 비약이 너무 심하다고 생각할 수 있겠지만, 천만에요. 가슴에 손을 얹고 스스로에게 맹세하십시오. 술을 한 잔 마시고 마주한 이성에게서 나는 단 한번도 비겁한 색욕을 품지 않은 적이 있던가요? 마치 내가 원래부터 욕정에 썩어버린 변태 놈이었다는 듯이, 나의 가슴 깊숙이 숨겨놓았던, 보이지 않던, 악마가 나를 꿈틀거리게 합니다. 내가 아직 짓지 않은 죄악이 제 모습을 드러내고 희생양만을 두리번거리며 찾습니다. 그래서 만악의 근원은 술입니다. 나의 불행뿐만 아니라 애꿎은 타인까지 불행으로 채찍질하며 끝없이 절벽 끝으로 몰아갑니다.

담배를 피우는 사람 주위에는 애연가들이 모이듯이 술을 좋아하는 사람 주위에는 애주가들이 모입니다. 욕설하고 방탕하게 사는 삶을 좋아하는 사람 주위에는 한량이 모이기 마련입니다. 욕 한마디 할 줄 모르고 착하게 살려는 사람. 기꺼이 손해를 감수하는 사람 주위에는 술, 담배를 하는 사람과 한량이 모이지 않습니다. 여러분은 마땅히 착한 사람들과 평생 함께 가야 할지 언대, 그런 사람은 술을 마시거나 담배를 피우는 사람 옆에 있으려고 하지 않습니다. 불행해지기 때문입니다. 그러니 여러분, 좋은 사람을 만나고 싶다면, 기꺼이 타인에게 안 좋은 영향을 끼칠 수 있는 것들을 먼저 과감히 끊어내십시오. 내가 정화되는 만큼, 더 좋은 사람이 내 곁에 머물 수 있습니다. 마치 하늘을 나는 새가 물속을 헤엄치는 물고기와 친구가 될 수 없는 것처럼, 지옥에 사는 악마가 천국에 사는 천사를 쳐다볼 수 없는 것처럼 말입니다.

평상시에는 자상하고 참 순박하다는 평을 받는 사람이

아무도 모르는 곳에서는 술 한잔에 괴물이 되어버리는 것처럼, 땅속에 심은 씨앗이 눈에 보이지 않는 이치를 생각하십시오. 씨앗은 반드시 사라져서 없어지나 대신 뿌리가 생겨나 이파리로 올라와 줄기를 맺고 과실을 내놓듯이 세상에는 두 눈에 보이는 것보다 보이지 않는 것들이 더 확실한 경우가 있습니다. 그리고 대체로 두 눈에 보이지 않는 것을 과감히 믿는 사람이 더 행복하게 살 수 있는 법입니다.

어떠한 경우라도, 무슨 일이 있더라도, 절대로 술은 입에 대지 마시기 바랍니다. 술에 의해서 10만큼 행복해졌다면, 술이 없어졌을 때 불수의적으로 10만큼 나는 불행해집니다. 앞서 말씀드렸다시피, 인생은 눈에 보이는 것보다 보이지 않는 것이 더 무서운 법입니다. 어떠한 경우에라도 스스로를 믿고 자신에게 의지해야 합니다. 술에 기대는 순간, 내가 무너져 내릴 때마다, 나의 뇌를 녹여 두 번 다시 이전의 총명했던 나로 돌아갈 수 없게 합니다.

술에 의지하는 순간, 내 옆에 반짝이는 보석함 같은 눈을 하고서 나를 바라봐주는 이들을 모두 외면하고 오직 투명한 액체가 담긴 페트병만을 이 세상 무엇보다 사랑하게 되는 가장 끔찍한 저주에 걸립니다.

종국에는 나의 인생이 추접스러운 대나무 숲 사이로 엉켜 들어갈 때, 나는 어떻게든 내 안의 지옥에 빨려 들어가지 않기 위해 열심히 손을 휘저으며 내게 가장 소중한 사람을 지옥으로 희생양 삼아 끌고 가려고 하는 것이 바로 인간이기 때문입니다.

만악의 근원.

술을 여러분께서 절대 드시지 않았으면 좋겠습니다.

대나무 숲 사이로 같이 빨려 들어갔던 내가 다시 살아 돌아 나와 지금 이 자리에 서서 여러분께 이런 말을 드리기까지에는 참으로 많은 눈물이 스며들어 있습니다. 나는 글로써 호소하는 게 아닙니다. 다만 내 진심을 다해 여러분의 인생에서 가장 큰 불행을 피할 수 있는 방법에 대하여 말씀드리는 바입니다. 적어도 한 사람의 생애에서 술만을 피할 수 있다면, 내 인생에서 내가 원했든, 원치 않았든, 극단의 불행으로 치닫는 일만큼은 면할 수 있습니다.

○

작가는 독자보다

우월한가

인간에 대한 질문은 언제나 우월한 자가 그렇지 못한 자를 이끌고 가르치는 것으로 선망되어 왔습니다. 그렇다면 과연 글을 쓰는 사람의 입장에서, 작가는 독자보다 우월한 것인가. 한 번 의구심을 가져보지 아니할 수 없습니다. 나는 수많은 작가를 만났습니다. 몇 권의 책과 몇백 권의 판매 부수를 가지고 선민의식을 지닌 채 사람을 대하며 가르치려 드는 자들은, 글쎄요. 그들은 작가라기보다는 미라에 가까웠습니다. 지적 허영심이라는 붕대를 얼굴에 칭칭 감고는, 옛 제사장처럼 두 눈을 스스로 감아버리고 자신은 타인과 다르다! 의기양양한 기세로 가슴을 활짝 치켜세웁니다. 같은 눈높이에서 누군가를 바라보는 게 아니라, 키가 작아도 늘 내 눈높이 위에 있는 상대를 내리깔아 봅니다. 그것참 신통한 기술인 셈입니다.

작가는 과연 독자보다 우월한가? 제 답을 말씀드리겠습니다. 글을 쓴다는 건, 당신이 글을 쓰는 행위를 대신해서 치열하게 버텨온, 이제껏 모든 당신의 하루와 감정을 흉내내는 일에 지나지 않습니다. 작가는 당신의 모든 삶을 모방하여, 자신의 이야기처럼 꾸며낸 것에 불과합니다. 자 그렇다면 누가 진짜 작가이고 독자입니까? 세사의 고통에 몸부림치는 이들의 이야기를 경청하고 그들의 삶을 그려내는 작가야말로 누구보다 세상의 이야기에 진중한 자세로 귀 기울이는 독자 아니었던가요? 언제라도 작가는 펜을 쥐고 글을 쓰며 선민의식을 지닌 채 세상을 내리깔아 보는 오만한 자들이 아닙니다. 매일 아침마다 이른 출근에 지친 몸을 견뎌내고 하루를 살아내는 당신들입니다. 가장 위대한 당신의 삶에 스며든 보이지 않는 글자를 적어내는 것이 고작 작가들이 하는 일에 불과합니다. 그러니까, 하늘에서 바라본다면, 진정한 작가는 펜을 쥘 필요 없이 행동으로써 글을 써내려가는 당신들입니다. 여러분의 삶을 글로써 그려내는 작가네들이야말로 진정한 독자에 불과합니다. 우월한 인간도 없고 부족한 사람도 없습니다. 자기 과시에 빠지는 순간, 글을 쓰는 사람으로서는 실격입니다. 간혹 거들먹거리며 자신을 과시하는 작가라는 자들에게 저자세로 고개를 숙이는 분들이 있습니다. 절대 그러지 마십시오. 거들먹거려야 하는 사람은 아무것도 지닌 게 없는 인간에 불과합니다. 이 세상에서 유일하게 존경받을 수 있는 신조차도 스스로를 교만하지 않기에 이제껏 멈추지 않고 숭앙받을 수 있던 것입니다.

작가라는 이름을 지닌 사람이 책이라는 수단을 통해 남들 앞에 공개하기 싫은, 가장 끔찍했던 자신의 상처를 꺼내는 이유는 오직 하나. 이 사회와 인간과 삶에 대한 책임감을 멋들어지게 가슴에 새겨놓고 사는 일만을 하는 것이 작가의 본분이 아니었음을 진정으로 깨달았기 때문입니다. 평생토록 내려놓지 못할 세상의 고뇌를 등에 업고 사는 일을 자처하는 행위가 바로 작가가 하는 일에 불과했습니다. 그래서 작가는 아주 끔찍하리만큼 고통스럽고 절망스러운 직업입니다. 자신의 방법으로 이 사회와 인간과 삶에 대하여 끊임없이 고찰하고 사유한, 가장 순수한 답만을 내놓는 일을 합니다. 정말 고통스러운 일이지만, 그럴만한 가치는 있습니다. 글 한 줄로 누군가의 가슴에 평생토록 살아서 심장에 넝쿨처럼 얽히는 이야기를 만들어 줄 수 있다면, 그래서 누군가 평생 살아나갈 수 있는 힘이 되어줄 수만 있다면, 작가의 존재 유무는 살아있는 것과 하등 상관없이 영원토록 발휘되기 때문입니다. 우리 곁을 떠나간 수많은 작가들이 비록 자신의 손으로 목숨을 끊었어도 여전히 살아있는 것과 다름없는 것과 같습니다. 국적과 인종을 떠나서 영원토록 내 곁에 살아 숨 쉬는 작가와 문장이 여러분 곁에도 하나씩은 분명히 있을 것입니다.

책은 언제나 독자와 저자가 동등하게 두 손을 맞잡는 과정이었습니다. 당신 눈물 흘릴 때, 나 두 손 되어 닦아주고. 당신 넘어져 절망할 때, 나 그대 어깨 두드리며 일으켜 세워줄 수 있는 허리 될 때, 비로소 가장 아름다운 한 권의 책이 완성됩니다. 나 구슬피 울며 더는 살기 싫다 세상을 미워할 때, 당신 아무 말 없이 내 곁에 나비처럼 앉아줬으니까요. 그러면 충분합니다. 내가 살아가고, 당신이 살아가는데, 오직 그거면 충분했습니다. 이 미운 세상에, 살 수 있었습니다. 아아, 산다는 것이란 정말, 어떠한 말로도 표현할 수 없는 아주 고된 행위였습니다.

마지막 페이지를 넘기고 책장을 덮은 다음에야 삶을 담은 책이 끝나는 게 아니었습니다. 가슴으로 다시 서로 의지하며 우리, 인생이라는 시련을 재차 읽어 나갈 때, 당신과 나 함께 희망이 꽃 핀 책을 영원히 써 나갈 수 있습니다. 애써 잊지 못할 미련을 책받침으로 둔 채. 그러니 이 글을 읽는 모든 분은 이제부터 작가인 동시에 독자라는, 가장 행복한 양자의 입장에 서서 세상을 바라봐 주십시오. 저는 당당한 저자가 되는 길 위에 가장 빛나는 독자분들과 함께한다는 사실을 확신하기에 누구보다 행복할 수 있습니다.

○

다시 시작할 수 있다

언제라도 내 말을 믿어라

나는 비처럼 내리는 슬픔을 우산을 쓰고도 도저히 피할 재간이 없었다. 그래서 살기 위해 글을 썼다. 적어도 내가 적어나간 글이 한 자 한 자 전부 비를 막아주는 투명한 창 내지는 유리가 되어주는 것 같아서, 혼자 우는 것에 지친 내게 많은 위로가 되어 주었기에, 그래서 누군가 슬픔을 감당해 내기 위해 글이라는 수단에 의지할 때, 그 아픈 한 자 한 자에 묻어난 길을 따라 당신께서 흘린 눈물 위를 첨벙첨벙 걸어갈 수 있었다. 아아, 그건 정말이지 이루 상상조차 할 수 없는 일이었다. 한 사람이 세상을 상실해 나가는 고통을 이겨내기 위해 글을 적어나가고 또 그 길을 먼저 걸어가 본 적이 있는 사람이 또다시 그 글 위에 선다는 건, 어떠한 위로나 따스한 말로도 통용되지 않는다.

그저 마음속으로 기도할 뿐이다. 어쭙잖은 위로 따위 아무 필요가 없으니까. 당신 얼마나 아팠을까. 당신이 혼자 감당해야만 했던 상실감은 얼마나 캄캄한 벽과 같았을까. 이 생각만 하면 나도 눈물이 난다. 그래서 같이 운다. 그게 전부다. 슬픔에 젖은 당신의 눈동자에 비친 아픔에 나는 구슬피 운다. 그리고 기도한다. 모든 존재가 행복하길. 그것이 축생이든, 인간이든, 귀신이든, 나무와 돌멩이 같은 무정물이든, 종류와 상태를 떠나 모두가 행복하기를 간절히 기도한다. 간절한 기도 끝에 잠자리에 든다. 아침에 일어난다. 그리고 그곳에 빈 종이 같은 마음으로 깨끗이 적는다.

'이제는 다시 시작이다. 다시 시작할 힘이 내게 주어졌다.'

그렇게 인정하고 자신을 충분히 자각시킨 후에 출발선 앞에 다시 서는 거다. 길은 태양 위에 있다. 인생은 끝없이 이어지는 항해 속에 폭풍우와 순풍을 번갈아가며 만나는 여정이다. 모든 사람의 시간은 다르게 흐른다. 대한민국이 찬란한 아침을 맞이할 때면, 미국은 깊은 밤에 빠져 있다. 우리도 마찬가지다. 같은 사람일지라도 지금 보내고 있는 시간이 다를 수 있음을 인정해야 한다. 타인의 눈부신 아침을 바라보며 내 초라한 저녁 찬거리를 비하할 필요는 없다.

그대여, 지금이 밤이었다면 내일은 반드시 아침이 찾아온다. 그러니 슬픔의 터널 속에 갇힌 사람들이여. 그대들이 곧 맞이할 기쁨의 세상 밖으로 나올 때까지, 삶의 여정을 포기하지 마라. 그것만이 살아가는 이유다. 진정 살아가는 길이다.

○

고통을 짊어진 산

나는 산을 좋아한다. 산은 늘 거짓말하는 법이 없고 있는 그대로를 보여준다는 점에서 정직하다. 가령 비가 많이 오는 날에는 늘상 다니던 오솔길이 계곡으로 탈바꿈하기도 하고 또 어떨 때는 비가 너무 내리지 않아 늘상 다니지 못했던 계곡이 바위길로 변하기도 한다. 그럴 때면 큼직한 돌 위로 한 걸음씩 옮기며 새롭게 산을 걸을 수 있다. 여름에는 온갖 날파리가 얼굴에 날아들고 매미들 우는 소리에 정신이 없기도 하지만 한겨울이 찾아오면 언제 그랬냐는 듯 나를 따스히 안아주던 나뭇잎들마저 빈손만을 흔든다. 바람에 메말라 버린 앙상한 나뭇가지들이 빈 산을 가득 채우지만 그렇다고 허전하거나 외롭다고 느끼지는 않는다. 그 나무들 밑에 쌓인 낙엽이 그간의 나무가 한세월을 얼마나 잘 지냈는지 보여주는 이정표가 되곤 하니까, 그래서 빌딩보다 높은 산에는 도시보다 많은 사람이 산다. 사람처럼 우둑하니 서서 나뭇가지를 손처럼 흔드는 나무들. 어린아이 같은 꽃망울들은 작은 바람에도 뭐가 그리 신이 났는지 살랑살랑 바람을 닮은 춤을 추기 바쁘다. 어떨 때는 강아지풀들이 잔뜩 모여, 수풀에서 바람의 연주에 따라 다 같이 합창을 연습하고 있다. 이렇듯 평화로운 산의 일상은 세사의 번뇌에 지친 내 마음에 한줄기 동심이 된다. 빌딩이 가장 높은 사람의 세상에서는 모두가 저마다의 빌딩을 목표로 삼지만, 빌딩보다 더 높이 있는 산의 세상을 경험해 본 자는 모두 산을 인생의 목표로 삼는다.

배고픈 사람을 위해 대가 없이 과일이며 풀, 나물 등을 가리지 않고 내놓는 산을 생각할 때였다. 사는 것에 지쳐 눈물 흘리며, 지푸라기라도 잡는 심정으로 찾아간 산이 건네주는 묵묵한 위로를 심장으로 들었다. 산은 입을 열지 않아도 모든 말을 한다는 사실을 깨닫는 데에는 그리 오랜 시간이 필요하지 않았다. 쳐다보기만 해도 숨이 벅차오르는 오르막길을 한 걸음씩 앞으로 내딛으며 걷기 시작할 때였다.

"산다는 것은 꼭 지금처럼 산을 오르는 것만 같다는 것을 너는 모르고 있었느냐? 한 걸음 한 걸음 내딛는 것만으로도 숨이 차오르고 힘이 드느냐? 그것은 당연하다. 그 한걸음 그 한 호흡이 모여서 삶의 정상으로 너를 이끌어 주는 것이니까, 포기하지 마라. 한 걸음씩만 지금처럼 계속 참고 걸어가라. 정상에 올라가면 수많은 발걸음조차 개미의 한걸음에 불과했다는 것을 깨닫게 되리라. 산에는 꼭대기가 없다. 내 발걸음이 멈춘 곳이 바로 정상이 되는 법이다. 인생도 산과 같다. 멈추지 않는 발걸음이 나의 정상을 결정한다. 그러니 걸어가라. 산이 가르쳐줄 길은 그것뿐이다."

산의 이야기대로 한 걸음씩만 한 걸음씩만 꾹 참고 내딛다 보니 어느새 산의 정상을 오르는 길에서 평지가 나오기도 하고 내리막길도 나오는 기적 같은 일이 벌어진다. 그 속에서 잠시 숨을 돌릴 수 있는 기쁨을 만끽하고 일상의 행복에 감사함을 느끼게 된다. 산이라고 해서 무작정 오르막길만 있는 것은 아니구나, 하는 가르침을 얻는다. 인생도 산과 같겠지, 하고는 산의 지혜를 배워간다. 어떨 때는 낙엽이 자욱한 길 위로 바스락거리는 소리를 두 귀가 아닌 심장이 철렁, 하고 듣는 순간이 온다. 한때는 이 수많은 낙엽이 나뭇잎 되어 봄, 여름, 가을에 이 산을 바라보는 모든 이들에게 반갑게 손을 흔들어주었겠지. 부는 바람에 쏴 하는 소리로 반갑게 인사를 건네주던 손이 지금은 기력을 다 해 사양(斜陽)처럼 졌다는 걸 생각하면 때로는 인생이 허망해진다. 그토록 웅장하고 아름답던 나뭇잎들이 이제는 늙고 병들어 바스락거리며 땅 밑으로 떨어져 걸음걸음마다 부서지며 흙으

250

로 돌아가고 있다. 아아, 이것은 진정 나무의 생애가 아니며 나뭇잎의 최후도 아니다. 곧 나의 생애이며 나의 모습이기도 하다. 언젠가 나 또한 이 나뭇잎처럼 세상을 향해 부는 바람에 맞춰 손을 흔들기도 하였고 박수를 받기도 하였다. 물론 질타를 받은 적도 많았다. 하지만 언젠가는 갈맷빛을 잃은 저 낙엽처럼 쓸쓸히 땅에 떨어져 아무도 쳐다보지 않는 누군가의 발자국 속으로 필연적으로 들어갈 것이다.

한 날은 너무 죽고 싶은 괴로움에 산을 찾았던 내게 낙엽은 자신의 몸을 바스러뜨려 가면서까지 이야기해 주었다. 한 걸음 한 걸음 앞으로 내디딜 때마다 들려오는 낙엽이 하는 말은 "보아라 이것이 인생이다."라며 자신의 몸이 부서져 가는 것을 말없이 보여주었다. 인생이란 길 위에서 나뭇잎은 나무와 함께 최고의 시간을 보내다 낙엽으로 져서 흙으로 돌아간다. 그밖에 말이 없다. 흙이 되어 돌아가는 길 위에서마저 낙엽은 사람들에게 가르침을 준다. "이것이 인생이다."

나는 그런 산을 바라보며 허망함이나 인생무상을 느끼지는 않는다. 다만 산은 내게 부질없는 욕심과 쓸데없는 짓거리 때문에 스스로 상처받지 마라, 잠시 머물다 갈 한세상에 영원히 머물 것처럼 어리석게 굴지 마라, 하는 말씀을 가슴 깊이 새길뿐이다. 소중한 타인에게 상처 주지 말라는 말씀을 두 눈으로 배우고 고개를 끄덕일 뿐이다. 그래서 나는 산을 사랑한다. 산은 내가 가장 최악의 상황에 빠져 있을 때 인생을 가르쳐주고 아버지의 빈자리를 대신하여 준 삶의 가장 큰 스승이었다.

내 첫 번째 시집 제목은 '산 아래 바람'이었다. 내가 자주 가는 포항 월미산은 언제나 지쳐 울고 싶을 때마다 찾아가면 큰 산들이 고개를 끄덕이며 내 마음의 비바람을 막아주었다. 여러분 곁에도 변하지 않을 커다란 산이 존재했으면 좋겠다. 산을 통해 내가 배운 것은 그렇다. 분명 이 세상에는 빌딩보다 높은 것이 있다는 사실을. 무조건 가지는 것보다 아낌없이 다 주는 게 오히려 남는 장사라는 것을. 주고 주고 끝없이 다 주다 보면 결국 이 세상 전부가 다 내 것이 된다는 역설적인 사실을. 하늘 높게 솟아오른 저 산이 아무도 거들떠보지 않는 작은 흙무더기 한 줌에서 시작했다는 사실을 생각하면 산이 가진 진정한 가치를 생각할 수 있다. 발길질 한 번에 무너질 흙무더기가 세상을 덮고 만물이 의지할 존재가 되었다. 가지려고만 하다 보면 결국 아무것도 가질 수 없는 인간 세상사의 귀결을 생각할 때, 시선을 빌딩으로부터 산으로, 산으로부터 빌딩에게 고개를 돌려 번갈아 쳐다본 후 나 자신을 바라본다. 모두를 품어주는 산이 되어 이 세상 전부를 품는 부자가 되어야지. 저 빌딩 되어 이 사람 저 사람, 돈과 소문에 이끌려 이리저리 비교하고 고심하는 시끄러운 두 귀가 되지 않겠다고 말이다. 인생을 살아가는 나에게 산이 늘 하는 말이 있다.

"인생이든 산이든 오르는 것이 아니라 잠시 머무르는 것이다."

아름답게 한세상 머물고 은은한 향기만을 퍼뜨리고 갈까 한다. 산의 소나무처럼, 꽃이 피고 지는 일을 반복해도 계속 피어오르는 것처럼.

○

여인은

꽃이 아니다

여인은 꽃이 아니다. 여인을 꽃으로 비유하지 마라. 가장 아름다운 꽃은 꺾으려는 전의마저 상실시킨다. 그래서 인간은 늘 자신이 꺾을 수 있는 꽃에만 마수를 뻗쳐왔다. 여기 어린 여자가 있다. 항상 홀로 방치되었다. 이유는 모른다. 태어나기를 외롭게 태어난 걸 수도 있고 어렸을 적 불운한 환경 때문에 가슴이 미어지는 고통을 일찌감치 받아들여야 했을 수도 있다. 정확한 사연은 모르지만 어린 소녀는 항상 눈물을 흘렸다. 죽어가는 동시에 살고 싶다, 아우성친다. 누구라도 붙잡고 사랑한다고, 이제껏 한 번도 받지 못한 사랑과 보살핌을 갈구한다. 누구보다 살고 싶어 하면서 죽으려는 모순을 견뎌야 했기에, 사랑을 구걸해야 하는 운명에 빠졌다. 그 여인이 지금 살기 위해서 자살하고 있다.

커터칼로 손목을 긋고 락스 물을 마신다. 높은 곳에 올라가 떨어진다. 가냘픈 몸으로 소주를 대여섯 병씩 마신다. 그럴 때마다 비열한 수캐 한 마리는 항상 먹잇감 주위를 서성이기 마련이고 늙은 개는 상대의 약점을 놓치지 않는다. 굶주린 하이에나는 강인한 여사자를 절대 사냥하지 못하는 법이다. 약해질 대로 약해져 더는 전의를 상실한 여사자들. 그런 존재만을 먹잇감으로 노리는 마땅히 지옥에 떨어져야 할 개가 있다.

나이 차가 열대여섯 살이 넘는데도 사랑이라 거리낌 없이 짖어대는 욕망. 자신의 사리사욕을 어린 소녀로부터 해결하기 위해 사랑이라는 단어를 더럽히는 극악무도한 불한당. 눈물이 그렁그렁 맺힌 어린아이를 달콤한 말로 유혹한다. 인간이 본능만 남았을 때 겪을 수 있는 가장 추악한 진실을 이 음험한 수캐는 가장 간절한 순간에 놓인 소녀에게 몸소 알려주어야만 했는가. 수캐는 야음을 틈타 사랑으로 위장한 덫을 꽃길 사이에 숨겨놓고, 이제부터는 나만이 너를 보호하고 지켜줄 수 있다고, 내가 너와 평생 함께하겠노라고 말한 뒤 파국으로 민다. 보라, 이제 이 어린 소녀는 참을 수 없는 고통 속에 죽여달라, 살려달라 반복해서 절규한다. 그걸 지켜보는 수캐는 그것만으로도 부족했는지 계속 자신만이 진실한 사랑이었다고 울부짖는다. 세뇌라도 시킬 작정인가? 이토록 아파하는 어린아이를 언제까지 사랑이라는 이름으로 세뇌시킬 작정인가. 부모가 없는 어린아이는 어디에도 기댈 곳이 없다. 성인의 지혜를 빌릴 수도 없고 어른의 울타리에서 보호조차 받지 못한다. 그저 더러운 개한테 끊임없이 이용당하고 찢기다 결국 스스로 목숨을 끊는다. 사람들은 분명 우울증 탓에 그녀가 스스로 죽었다 생각할 것이다. 참 예쁘고 착한 아이였는데 안타깝게 되었다며 혀를 쯧쯧 차고 명복을 빌고 잊어버릴 게 분명하다.

항상 추악한 진실은 가장 아름다운 눈물 저변에 숨어있는 법이다. 나는 오늘 아주 극악무도한 자를 보았다. 죽고 싶다고 말하는 한 아이를 달콤한 말로 유혹하는 사람, 아니 인두겁의 가죽을 뒤집어쓴 지옥의 파수꾼을 보았다. 캄캄한 세상에 오직 자신만이 한 줄기 빛이라 세뇌시키는 자. 내게 오면 모든 게 해결된다, 거리낌 없이 말하며 너만의 메시아를 자칭하는 자. 소녀는 살기 위해 눈물을 그쳤고 악마의 품으로 스스럼없이 걸어갔으나 그 통로는 언제나 지옥의 구렁텅이로 유인하던 악인의 술책에 불과했다. 이제 어린 소녀를 구해야 한다. 다시는 수캐들에게 희생당하지 않게 막아야 한다. 이 땅의 모든 어린 여인들에게 고한다.

○

여인에게 고한다

사랑을 구걸하지 마라. 자신을 스스로 사랑할 줄 알아야 타인을 사랑할 수 있는 법이다. 스스로 강해져라. 그래야만 늠름한 여사자가 되어 비열한 하이에나를 몰아낼 수 있다. 아무도 꺾을 수 없는 가장 아름다운 꽃이 돼라. 자신을 스스로 사랑하는 자만이 가장 빛나는 태양과 비견할 수 있다. 이 세상은 사실 세상이라는 이름의 지옥에 불과하다. 지옥의 본명이 세상이라고 불리는 건지도 모른다. 그런 험난한 세상에서 시련은 한 번이면 족하다. 내게 가르침을 준 시련을 통해서 두 번 다시 넘어지지 마라. 지옥의 불바다에 빠졌다면 익사하지 않게 계속 팔을 저어라. 그 자리에 넘어져 계속 웅크려 앉아 눈물만 흘리고 있다간, 지옥의 아귀들이 내게 몰려와 거짓된 천국을 속삭일 것이니, 그대 내 말을 듣고 반드시 명심하라. 지금 당장 자리에서 일어나 앞으로 나아가

라. 그 앞에 무엇이 있을지 걱정할 필요는 없다. 지옥이 끝나면 천국이 펼쳐질 것이다. 천국이 나오지 않았다고 해도 당장 절망에 빠질 필요는 없다. 너만을 위한 새로운 세상은 끊임없이 등장할 것이다. 어디든 지옥보다는 좋다. 그러니 일단 지옥에서부터 벗어나라. 계속 걸어가라. 한 번 더 넘어져도 좋다. 몇 번의 시련 따위 실컷 더 겪어도 좋다. 끝까지 자신을 지켜라. 지킬 수 없는 극한의 한계에 맞서더라도 자신을 지켜내라. 결단코 넘어졌다고 웅크려 앉아 울고 있지만 마라. 모두의 인생이 그러한 법이다. 나아가라. 계속 나아가라! 어서. 나아가는 길 위에 우리 모두가 서 있다. 나아갈 뿐이다. 그것만이 정답이다.

○

신의 칼

그대에게 상처 준 수캐 한 마리, 어린아이를 사냥하려는 수캐들에게 고하나니, 가장 뜨거운 태양이 정오 하늘 꼭대기, 가장 높은 곳에 걸릴 때 음험한 수캐들 가운데 자신 있는 자 앞으로 나오라. 뻔뻔한 자, 늘 빛을 피해 어둠이 졌을 때만 서서히 몸을 움직이는 비겁하고도 간악한 자들아. 그대 중 가장 자신 있는 자, 가장 빛나는 햇살이 온 세상을 밝힐 때, 당당히 세상 밖으로 고개를 내밀라. 고개를 감히 내밀 수 있겠는가, 그대. 이 세상의 신이 그대의 목을 응당 베지 못한다면 내가 대리인이 되어 단칼로 수캐들의 목을 치겠다. 타인을 살아서 지옥으로 만드는 자, 죽어서도 살지도 못하는 삶을 살 것이니, 인간이라는 이름이 지닌 기치를 잊지 마라. 비참한 개가 되어 죽는 것은 분명 아름답지 못한 일이나, 세상의 신은 반드시 그대에게 선사할 최후만을 손꼽아 기다리고 있노라.

○

밤이 깊을수록
새벽은 눈부셔 간다

일음일양지위도라는 말이 있다. 주역에서 처음 등장하는 이 말은 한 번 밤이 오면 그다음에는 반드시 아침이 온다는 단순 보편한 진리를 한 문장으로 표현한 말에 불과하지만, 나에게는 가장 큰 희망을 심어줌과 동시에 한 가지 의문점을 남긴다. 왜 '아침이 온 다음 밤이 온다.' 하지 않고 밤이 온 다음에 새벽이 찾아온다고 했을까? 나름 궁구하고 고민해 보았지만, 결론은 하나다.

'살아가는 모든 것들이 캄캄하고 어둡고 축축하기 때문에 우리는 밤같이 눈물지고 슬픈 것에서 출발한다.'

나는 30년의 인생을 통해 내 나름의 결론을 내릴 수 있었다. 아침에 일어나 씻고 현관문을 나서는 모든 순간이, 싸우다가 웃고 울고 그러다 저녁이 무르익어 잠자리에 드는 순간까지. 설령 괴로운 기억에 사로잡혀 잠을 이루고 못 이루고, 매일같이 벌어지는 치열한 일상이. 결국 칠흑 같은 밤에서 출발하는 것이기 때문에, 우리는 반드시 아침으로 향해야 한다. 동이 트는 새벽녘 캄캄한 밤 한가운데 서서 어떻게든 안간힘을 쥐어내 고개를 내밀고야 마는 태양의 처절한 싸움처럼, 우리는 빛으로 향해야 한다.

희망이 없다 절망하는 이여. 부디 고개를 들어 매일 아침 벌어지는 기적을 목도하라. 그대가 아무리 마음의 문을 닫고 어두컴컴한 공간에 스스로 갇혀 홀로이 지내고 싶다고 해도, 밤에서 출발해 밤으로만 향하는 듯한 좌절감에 세상과의 소통을 일방적으로 종료해 버린다고 해도, 캄캄한 창문 사이를 어떻게든 비집고 들어오는 별빛 섞인 햇살은 바다 물결처럼 반짝이는 환한 미소를 넘실대며 언제나 당신 앞에 희망으로 건네고 있다.

어제저녁 나를 아리게 했던 칼날 바람은 고독이 사라진 자리에서 그만 우물쭈물 대다가 집으로 돌아갔다. 이제는 환한 햇살이 당신의 손을 붙잡고 따스한 바람과 전날에 있었던 슬픈 일을 위로하며 등을 토닥인다. 그대 눈보다 깊은 눈동자에 맺힌 슬픔을 닦아주며 "많이 힘들었지." 하고 말없이 말을 건넬 뿐이다. 그러니 이제 우리 용기를 내서 받아들이자.

'우리는 밤에서 출발했다. 하지만 도착지는 언제나 밝은

아침이다. 밤에서 출발해서 밤으로 끝내지는 않겠다. 그것이 우리가 살아가는 이유다.'

대낮에도 긴 긴 밤을 보내고 있는 당신이여. 당신 곁을 찾아올 눈부시도록 달콤한 햇살과 손을 붙잡고 삶이라는 여정을 풍요롭게 소풍 나들이하는 그날이 올 때까지, 이 매섭고 눈물 나는 새벽 공기와 밤하늘의 처량함을 견뎌내라. 밤이 끝나고 나면 그다음에는 반드시 찬란한 아침이 그대 곁을 가득 채우리라.

일음일양지위도.

○

땅속에 흐르는

희망

땅 위의 개미를 본 적이 있는가. 그들은 누가 보든, 보지 않든 끊임없이 움직이며 무언가를 일구어낸다. 설령 그것이 우리 눈에 보이지 않을 만큼 작고 초라할지언정, 개미들은 멈추는 법이 없다. 이유는 단순하다. 그것이 바로 개미들의 삶이기 때문이다. 오직 인간의 삶만이 작은 핑계가 긴 변명으로 흘러간다. 우리의 삶은 어떠했는가. 나부터 이야기해 보겠다. 남의 눈에 보이지 않는 것이다, 형편없는 소리다, 돈이 되지 않는다 등 타인의 시선이 터부시한다는 이유로 자의든 타의든 꿈을 포기하지는 않았는가? 비참한 현실에 고개가 땅에 처박히거든, 그대여 좌절하지 말기를. 그대의 발밑을 지나고 있는 개미가 건네주는 희망을 유심히 들여다보기를. 눈에 잘 보이지 않은 개미가 땅속에서는 거대한 성을 이루고 사는 것처럼, 우리의 마음에는 아직 이루지 못한 꿈이 여전히 당신의 손길만을 기다리며 제 날개를 펼칠 날을 기다리고 있다. 우리가 지은 성의 우듬지에 꿈이라는 기치가 휘날릴 때까지 인간도, 개미처럼 멈추어선 안 된다. 희망은 크기로 결정되는 게 아니다. 스스로를 믿는 힘이 언제까지 주어지느냐에 따라 결정짓는 것이다.

○

매일 아침
길을 나서는 그대에게

엄동설한의 매서운 바람이 내 폐부를 찔러 깊은숨도 함부로 내쉬지 못하게 할 때가 있다. 그럼에도 우리는 아침 일찍 온갖 서러움을 뒤로하고 앞으로, 앞으로만 나아가야 하는 발걸음을 내디뎌야 할 때가 무겁게 찾아온다. 누군가는 가족을 위해 그리고 또 누군가는 사랑하는 연인을 위해, 우리 모두는 비록 부당할지라도, 고개를 한번 숙이고 긴 숨을 참아내는 것으로 어떻게든 사회의 질서에 순응하며 정해진 규칙을 따르기 위해 부단히 노력한다.

'왜 나의 삶은 나아지지 않을까. 왜 나는 이렇게 한심하게 살까.'

스스로 자책하며 자신을 원망하는 사람이여, 그대 이 말을 꼭 기억해주오. 오늘도 당신의 하루가 있어 당신의 가족과 당신이 꼭 필요로 한 사람들이 과거로 떠밀려가지 않고 당신과 함께 오늘의 땅 위에 버티며 서 있을 수 있었다. 핑계처럼 들리겠지만, 당신의 삶은 나아지지 않는 것이 아니라 계속해서 모두와 같이 행복을 향해 나아가는 중이다. 그런 당신의 발걸음에 서성이는 눈물이 얼마나 애달플지 나 또한 안다. 하지만 기억하라. 눈물은 보석 되어 밤하늘을 별로 장식할 것이다. 언젠가 참을 수 없는 밤이 찾아오거든 고개를 들어 자신의 별을 찾아보길 바란다. 그중에서 가장 반짝이는 보석이 꼭 그대를 빼다 닮았다.

절망의 늪에서 본 색깔

깊은 밤이 쫙 펼쳐져 있고 그 안에는 자욱한 안개마저 깔려, 한 치 앞도 보이지 않는 길 위에 서 본 적이 있는가? 그 길 앞에서 혼자 뚜벅뚜벅 걸어가며 절벽이 나올지 야생동물이 튀어나올지 어쩔 줄 몰라 엉거주춤해 본 경험은 있는가?

이 세상을 살아가는 모든 이는, 한 걸음만 가도 무엇이 있을지 분간조차 가지 않는 어두컴컴한 길을 한 번쯤 반드시 지나가야만 했다. 바로 절망의 늪. 당신은 절망의 늪에 빠져 허우적대 본 경험이 있는가? 그때 당신이 조우한 절망의 색깔이 어떠했는지 나에게 이야기해 줄 수 있겠는가? 그때 당신의 절망은 어두웠는가 아니면 짙은 해무만이 가득했는가? 캄캄한 절망을 맞이하고 이것이 삶의 끝이라 생각한 적은 없었는가?

내가 한 치 앞도 보이지 않는 절망의 늪에 빠졌을 때였다. 캄캄한 어둠 속으로 떨어지는 끝없는 추락만을 지냈다. 처음에는 온몸을 다 해 저항해 볼 생각이었다. 추락을 멈추기 위해 절망의 늪 사이로 손톱을 찔러 넣어 내 체중을 감당케 한 적이 있다. 하지만 현실이 어디 만만하던가? 손톱만으로는 내 비장한 생애를 지탱할 수 없다는 비극을 현실로 깨닫고 결국 벽에 처박은 손톱을 스스로 뽑은 희극을 겪어본 적이 있다. 생애의 추락. 그렇다. 자진 포기하여 마침내 절망의 바닥에 맞닿았을 때, 모든 것을 포기하고 고개마저 땅으로 추락했을 때, 그때 절망이라는 단어 너머에 앉아 있던 하얀 새. 온통 캄캄하고 어두운 동굴 속에 언제부터 있었는지 알 수 없는 하얀 새를 그날 처음으로 나는 보았다.

나는 깨달았다. 내가 들어온 절망은 절망이 아니었다고. 절망 속에 쓰러져가며 살고 싶다 아우성친 사람들이 흘린 눈물이 만들어 낸 게 바로 이 하얀 새였다고. 전래동화 속에 등장하는 어떤 신령한 존재처럼, 절망의 늪에 빠진 사람들을 지켜주고 희망이 되어주는 존재 또 한 이 세상에 반드시 존재한다는 것을. 이질적이기 짝이 없는 캄캄한 절망이 질척거리는 늪 사이로 하얀 새는 날갯짓을 펼치며 솟아오른다. 순백을 하얀 날개로 그려내는 새를 바라보고 있노라면 이 절망의 늪 또한 극장의 세트장만 같았다. 나는 하얀 새가 내민 손을 잡고 단번에 절망의 늪을 빠져나와 따스한 햇볕이 있는 창공에서 파란 구름 사이를 헤엄칠 수 있었다.

내가 절망의 늪을 빠져나와 희망을 닮은 하늘 위에서 절망을 다시 바라본 적이 있다. 그때 내가 본 절망의 색깔을 이야기하자면, 색깔은 무의미하다. 가까이서 보게 된 절망은 사실 검은색도, 하얀색도 아니었다. 절망은 오직 빛으로 점철되어 있다.

○

하늘을 능가하는 꽃

그대여 고개를 들라. 비록 보잘것없이 초라할지언정, 그
게 그대의 사유는 아니다. 가장 낮은 곳에서 바다가 이루어
지고 발길질 한 번에 무너져 내릴 흙무더기에서, 구름을 넘
는 산이 시작되는 것을 기억하라. 그대 비록 움츠러들고 한
없이 작아져 비굴해진다 해도, 결코 고개 숙이지 않아도 되
느니 세상에 고통 없이 자라나는 작물은 어디에도 없기에,
뜨거운 여름 맹위 같은 불볕더위도 그대를 꺾지 못했다. 추
운 겨울 혹독한 아픔에도 자신의 온기로 살아남지 않았는
가. 이제껏 낮과 밤이 칸칸이 겹쳐 쌓여 나를 포위했을지라
도, 단 한 번 패배하지 않은 증거가 바로 당신이 살아있음이
다. 끝이 보이지 않는다, 좌절하지 마라. 그대 매일 내딛는
걸음마다 꼭대기 없는 산의 최정상에 오르는 중이니, 비로
소 내가 멈출 때만이 내 삶의 정상이 결정되는 법이다. 세상

이 참혹해서 눈물이 나는가. 어찌 이다지도 하늘은 매정한가. 서러움이 가득 들어섰는가 그대.

강렬한 태양 빛에 수그러들고 빗물에 으스러지는 이치를 온몸으로 거부하는 모순적인 존재가 있다. 시원한 바람조차 메말라버린 8월의 불볕더위에서 꽃망울을 틔우고야 마는 꽃의 이름을 아는가. 무더위를 견디며 꽃을 피울 준비를 마치면 끝을 알 수 없는 장마가 다시 세상을 빈집으로 만들고 만다. 한 치 앞도 구분할 수 없는 빗물이 내리는 와중에도 묵묵히 꽃잎이 피어오르고 붉은 꽃을 잉태하는 존재가 있다. 하늘마저 업신여겨 그 이름조차 능소화니, 그대 설움에 가득 차 쓰러져 죽고 싶을 때면 이 꽃의 이름을 기억하라. 하늘을 업신여겨 불볕더위와 장마의 계절에만 꽃이 피는데, 결국 불볕더위와 장마를 다 이겨내고 난 다음에는 더는 하늘을 업신여기는 꽃조차 되지 아니한다. 모든 시련과 고통을 이겨낸 후에는 하늘을 능가하는 꽃이라 하여 다시금 능소화라 불리는데 이때가 되면 땡볕과 장마를 견뎌내고도 꽃잎조차 떨어지지 않는다.

지는 꽃잎 하나 없이 오직 피어오를 대로 피어난 후에 붉은 꽃을 통째로 떨어뜨려 버린다. 그래서 꽃잎이 한 번도 진 적 없는 능소화는 진실로 단 한 번도 꽃이 지지 않았다. 그대 말도 안 되는 억측 속에서 살아남아 꽃잎 하나 지지 않고

통째로 이겨내는 능소화처럼, 온갖 시련과 역경 또 한 당신의 꽃잎이 반드시 지지 않게 하는 거름이 되어줄 것이다. 그러니 그대여, 어떠한 난관에 봉착해도 자신을 깎아내릴 필요는 없다. 모든 고통은 능소화처럼 하늘을 능가할 사람으로 당신을 피어나게 할 자양분이 되어줄 것이니, 그대 고통을 인내하는 순간에 하늘을 능가하는 능소인으로 꽃처럼 이 세상에 피어날 게 분명하기 때문이다.

희망은 포기하지 않는 꽃이어서, 절망하지 않는다면 언제라도 내 가슴에 피어오를 수 있다. 그게 지옥같이 끔찍한 고통 속 일지라도, 희망은 고개 들 용기를 내는 자에게 언제든 피어오를 가능성을 지닌 한 떨기, 세상에서 가장 아름다운 빛을 닮은 꽃. 우리가 할 수 있는 일은 지나간 것은 다 잊고 앞으로는 잘 될 거라는 믿음 하나만 꽃처럼 가슴에 소중히 간직하고 사는 일. 굳은 의지는 늘 나를 지켜주는 보석함이 될지어다.

○

바다는 바다인가
바다였던가

내가 아주 어렸을 적 바다를 볼 때면 나는 바다를 보았습니다. 청명한 하늘과 푸른 빛이 도는 물결을 끊임없이 반복하는 평온한 바다의 일상을 바라보노라면, 내 마음에도 덩달아 파란 물비늘이 이슬처럼 끼곤 하였습니다. 그런데 이제는 바다가 바다로만 보이지 않습니다. 얼굴조차 희미해져 꿈에서도 볼 수 없게 된 당신을 그리워하며 내 마지막 편지를 파도에 실어 부칩니다. 파도는 수취인 없는 내 편지를 저 멀리 양팔을 벌리고 서 있는 바다의 가슴에 안겨주기 위해 몸부림치지만 결국 나아가지 못하고 다시 내게 돌아와서 찬란히 부서집니다.

내 속을 아는지 모르는지 저 멀리 해안선을 넘지 못한 편지는 파도에 실려 눈부시도록 서럽게 부서집니다. 편지의 형체는 온데간데없고 다시 무색무취의 물결만이 영원했던 것처럼, 내 가슴에는 파도가 부서진 물거품만이 남습니다. 편지는 애당초부터 없었던 것처럼, 바다는 평온한 일상 속으로 사라지는데 지금 내가 보고 있는 바다는 편지를 보내기 전의 바다인가요. 아니면 편지를 부친 후의 바다였던가요. 이제 나는 영원히 알 수가 없습니다.

　부서지는 파도 앞에서 사랑했던 이들의 이름을 하나씩 적어 봅니다. 아로이 새겨진 이름들이 무색무취의 물결로 흘러 흘러 지금 내 눈앞에서 세상을 가득 채우는 수평선과 하나 돼 아스라이 연기 피어오르듯 사라집니다. 저 멀리 내 팔이 닿지 않는 곳까지 뭉게구름 되어 떠나가 버린 건 파도인가요. 당신이었던가요. 아니면 내 마음을 담은 미련이었을까요? 나는 그런 알 수 없는 바다를 내 등 뒤로 하고 다시 세상의 바다로 나아갑니다. 뒤돌아서니 문득 당신 생각이 더는 나지 않습니다. 그래서 바다는 바다고 파도는 파도였나 봅니다. 변한 건 바다도 파도도 아니었나 봅니다. 이제 당신의 바다에 대하여 들려주시겠습니까? 당신의 바다는 찬란히 부서지고 있습니까? 아니면 끊임없이 당신의 기억을 붙잡고 부서지기만을 반복하고 있습니까?

바다와 구정물

　우리는 살다 보면 '저 사람은 참 바다 같은 사람이야.'라는 말을 종종 들어보고 한다. '구정물같이 역겨운 놈!' 저주 섞인 누군가의 분노가 타인에게 전해지는 모습 또한 살면서 한 번쯤은 본 적이 있을 것이다. 그럴 때면 나는 당신에게 묻는다. 그대는 구정물과 바다를 구분하는 법을 진정으로 알고 있는가? 하늘에서 비가 내릴 때는 모두에게 공평히 내리지만, 변소에 섞이는 비는 똥물이 되어 흐르고 냇가에 흐르는 비는 상류에 합류하여 강으로 흐른다. 우리는 똥물을 보고 지레짐작하듯 끝났다며 포기를 한다. 강가에 흐르는 물비늘이 반짝이는 물결을 보고는 아름답다, 칭한다. 메마르지 않을 꿈처럼 영원히 빛날 물결이 될 것이라고만 생각한다. 과연 비의 본질은 달라진 걸까? 결국, 비는 똥물이돼서 영영 끝이 나고야 마는 걸까?

나는 어느 날 저녁, 과적 차량의 덜컹거리는 과속주행 때문에 움푹 파인 시골길의 도로를 보았다. 그곳의 웅덩이에는 비가 올 때마다 물이 가득 찼고, 진흙이 묻어난 자동차의 바퀴가 지나갈 때마다 흙과 먼지가 섞인 구정물이 가득 차기 시작했다. 강원도 영월의 동강이 흐르는 강가 옆 시골 도로에는 자그마한 냇물이 흘렀다. 언제나 시냇물 흐르는 소리는 내 마음을 편안하게 해주는 보석과도 같았다. 그래서 움푹 파인 웅덩이와 시냇가는 늘 비교 대상이었다. 한쪽은 환영받지 않는 골칫덩이, 도로의 움푹 파인 웅덩이. 또 한쪽은 모두가 미소 지으며 반기는 시냇물. 하지만 나는 어느새부턴가 시냇물보다 움푹 파인 웅덩이의 구정물을 더 좋아하기 시작했다.

구정물은 인고의 시간을 견디고 버텨서 결국 하늘로 올라가고 말 것이다. 수증기가 되는 고통의 시간을 이겨내면 구름이 되어 하늘 위를 떠다닌다. 그러다 자신이 필요한 곳에 다시 비로 흩뿌려질 것이다. 강가로 먼저 출발한 비보다 한 발 더 앞서 바다로 흘러간다. 우리 모두 시냇가에서 출발했든 흙탕물에서 출발했든 결국 사해를 가득 채우는 바다로 향하는 건 같다. 그러니 그대, 타인이 당신을 무어라 부르든 신경 쓰지 않아도 좋다. 내 현실이 아무리 시궁창 같고 거지

같아 피눈물 나더라도 결국 나도 빗방울과 같은 존재에 불과하다. 반드시 바다가 될 몸이다.

타인이 아무리 돈이 많고 행복하고 인물이 아름답다 해도, 결코 흙탕물이 버텨야 할 인고의 세월없이는 바다가 될수 없는 사실을 기억하자. 지금 자신의 모습만으로 섣불리모든 것을 판단하지 마라. 길을 걷는 방법에는 여러 가지가 있다. 무거운 짐을 메고 오르막길을 오르는 당신이어, 그대의 눈물겨운 한 걸음 한 걸음은 결코 훼손당하지 않을 인생그 자체라는 것을 기억해 주기 바란다.

성공을 나비처럼 드나드는 자에게 실패란 거대한 바위와같아서 극복하기 어려운 것이지만 우리에게는 이제껏 걸어온 한 걸음 한 걸음이 전부 거대한 바위를 깨부수며 걸어온도전과 성공의 역사이다. 자동차를 타고 달리고, 비행기를타고 창공을 비행하는 사람을 부러워하지 말지어다. 그대두 발로 땅을 딛고 걸어갈 때마다 은방울꽃, 강아지풀, 국수나무 등속에 이름도 모르던 풀과 피리와 나무들이 부대끼며자네를 응원해주었다는 사실을 잊지 마라. 눈물이 있는 삶에는 반드시 반의어인 아름다움이 들어있다.

인생이 고통인 것은 그 반의어인 행복이 존재하기 때문이다. 하늘에서 내리는 비가 결국 모든 역경을 극복하고 바다로 흐르듯이 당신의 눈물과 고통이 언젠가 행복과 아름다움으로 탈바꿈되듯이, 우리 그렇게 살아가자. 당신은 이제 바다와 구정물을 구분할 수 있다. 구정물이 바다가 된다고. 모든 바다의 시작은 구정물이었다고. 그래서 둘은 틀림없이 동의어라고. 우리 그렇게 살아가자.

○

흔한 돌멩이

떠나는 이의 손에 사랑했다는 마지막 한마디만 겨우 쥐여주고는 애처롭게 바라보기만 한다. 그의 눈빛에는 태양에 일렁이는 슬픔보다 더 큰 우주가 맺혀있다. 만나는 내내 사랑이라는 보석을 그러안고 아끼다가 단 한 번 입 밖으로 꺼내지 못한 채, 마음속으로 만지작거렸다. 언젠가 한 번 내 마음 고백해야지 망설이기만 하다 두 번 다시 만날 수 없게 되는 상황에서야 정말 사랑했었다고, 고백하건대, 내 평생 너를 절대 잊을 수 없을 것이다, 라고. 이런 말 하는 바보를 생각하면 내 마음, 파도 한가운데에 부서지는 거품처럼 흐느껴버린다.

사랑을 진정으로 아끼는 이들은 밤하늘 사이에 숨은 돌멩이를 줍는다. 언젠가 별이 되겠지, 하고 마음속으로 어린아이의 소중한 장난감처럼 조물거리며 간직한다. 어른들의 돌멩이야 길가에 흔히 차이는 하등한 존재에 불과하지만, 이따금 순수한 사랑을 머금은 바보스러운 남자의 돌멩이에는 사랑이라는 마법이 실재한다. 모두가 잠든 사이 그의 돌멩이는 하늘 위로 올라가 정말 별이 되기도 한다. 그래서 사랑 따위 아무 의미 없다고 할 수 없다. 밤하늘의 별은 잡을 수 없지만, 바보처럼 착해 빠진 이들이 자신을 닮은 것 같아 차마 외면하지 못하고 주워 든 길가에 치인 돌멩이는 다르다. 흔해 빠진 돌멩이라도 정말 가슴에 그러안고 사랑하다 보면, 어느새 눈물에 반짝이는 밤하늘의 별이 되기도 하는 것을 나는 오늘 밤 똑똑히 보았기 때문이다.

publisher   instagram

절망록

초판발행 2024년 7월 10일

지은이 윤태욱

펴낸이 최대석 **펴낸곳** 행복우물 **출판등록** 307-2007-14호

등록일 2006년 10월 27일

주소 a1. 서울시 중구 삼일대로 343 위워크 8층

　　　 a2. 경기도 가평군 경반안로 115

전화 031-581-0491 **팩스** 031-581-0492

전자우편 book@happypress.co.kr

정가 16,000원 **ISBN** 979-11-94192-00-8